KB033734

잘했고

잘하고 있고

잘될 것이다

정영욱

이 책은 공감을 더욱 끌어내기 위해
글의 내용에 따라 화자와 문체가 바뀝니다.

또한 작가 고유의 글맛을 살리기 위해
'한글 맞춤법'에 맞지 않는 일부 표현은 수정하지 않았습니다.

잘했고
잘하고 있고
잘될 것이다

정영욱

펴내며

잘 버티고 있는 것 같다가도 뜬금없이 위태로워지는 날이 있다. 잘 붙잡고 있는 것 같다가도 마음이 벼랑 끝으로 추락할 것 같은 날이. 어김없이 이어지고 있다가도 툭 하고 끊어질 것 같은 날이 있고, 아주 사랑받고 있다가도 혼자인 기분에 긴 새벽을 외로움에 시달리기도 한다. 우린 이처럼 아무 일이 없더라도 문득, 부정감에 둘러싸여 살아간다.

그런 위기의 때가 오면 나는 마음속으로 주문을 걸어 본다. “잘했고, 잘하고 있고, 잘될 것이다.”라고. 그러니까, 뭐든 잘잘잘될 거라고 말이다.

잠깐, 마음은 아무 일 없이 살다가도 갑작스럽게 추락한다니. 무탈하던 정신이 일순간 무너질 수도 있다니. 생각해 보면 그랬다. 지금 당장 누가 나를 해코지하지 않더라도, 긴박한 일이 일어나지 않더라도 앞으로의 걱정이라거나 서툰 상상을 하며, 그렇게 추락한다. 당장 아무 일이 일어나지 않더라도, 슬쩍 휘청이기 바쁘다. 분명, 잘 나아가고 있음에도 내디딘 한쪽 발이 나의 걸음을 넘어뜨린다.

그러니 감히 말할 수 있다. 잘 안 되고 있더라도, 잘될 것이라고. 아무 일이 없어도 무너지기 일쑤인 우리의 삶이 있다면, 무너지고 있어도 아무 일 없는 듯 '잘되고 있다.' 말해 줄 수 있는 삶도 분명히 존재한다고.

말한다. 어쩌면 어떤 일이 있어서 주눅 들어 있을지라도 당신은 잘했고, 이 순간 바로 당신의 잘못으로 무언가 망쳐 버렸음에도 잘하고 있고, 또 내일 당장 큰 걱정이 해결되지 않을지라도 잘될 것이다. 모든 인과 관계를 거스르더라도, 스스로 자신 있게 말할 수 있는 것이다. 마법의 주문을 걸어 보자. 잘잘잘. 하고 있는 일도, 관계도, 사랑도. 무엇 하나 빠짐없이 나를 무너뜨리기 쉬운 것들에게. 눈에 넣어도 아프지 않을 소중한 것들이자, 나를 힘들게 하는 모든 것들에게. 잘했고, 잘하고 있고, 잘될 것이다. 라고.

여기 있는 이야기는 나의 이야기이자 당신의 이야기일 것이다.

우리 모두는 전혀 다름없는 힘겨움을 붙잡고 살아가는 것이니.

하지만 힘들어도 기어코 무너지지는 않을 삶들이니.

다시, 잘했고, 잘하고 있고, 잘될 것이다.

CONTENTS.

2.
함께했고 함께하고 있고 함께일 것이다

3.

사랑했고 사랑하고 있고 사랑일 것이다

1부

잘했고 잘하고 있고 잘될 것이다

응원했고 응원하고 있고 응원할 것이다

어떠한 힘듦인지 따지기 전에
당신에게 말하고 싶다.

괜찮다. 다 괜찮다.

이유 없음의 위로

당신 참으로 힘들었겠다. 참 바빴을 테고, 허겁지겁 달렸을 테고, 그래서 넘어졌을 테지. 까진 상처에 아팠을 테지. 그리고 다시 일어난대도 아주 지쳐 있을 테지. 아픈 마음 다독일 새 없이 나아가다 쓰린 곳 또다시 다쳤을 테지.

내가 감히 당신을 알겠냐만, 어떤 상황인지 알겠냐만, 얼마나 힘들지 알겠냐만… 그래도 힘들었겠다, 지쳤겠다 이야기하겠다. 또 괜찮아질 거라, 나아질 거라, 더 좋은 일 생길 거라 이야기하겠다.

어떠한 힘듦인지 묻고 따지기 전에 당신에게 말하고 싶다. 괜찮다. 다 괜찮다. 어떤 위로는 이유라는 주석이 달리지 않음에 더욱 따뜻해지는 것이니. 어떤 격려는 힘듦의 깊이를 알지 못함에 깊이 가닿을 수 있는 것이니. 또 이렇게 멀리서라도 응원하는 이가 있다는 것에서 나아갈 힘을 얻는 것이니. 비록 우리가 서로를 알지 못하더라도, 평생을 모르고 살더라도, 한 번 마주친 적 없는 서로가 이렇게 대면하며 응원하고 있다.

그러니 당신, 스스로에 대해서도 알아주고 응원해 주면 어떨까 한다. 내가 한 말들 그대로 자신에게 해 주었으면 어떨까 한다. 자신에게 조금 더 관대해지면 어떨까 한다. 스스로를 응원함에는 그 어떤 이유도 명분도 필요 없는 것이니. 내가 나를 격려함에는 그 어느 깊이도 필요 없으니. 나, 참 힘들었구나. 참 애썼구나. 그래서 지쳤구나. 가장 먼저 나를 알아주고 이유 없이 응원을 건넬 수 있는 용기 있는 사람이기를 바래 본다.

모든 위로는 이유 없이도 위로가 되는 것이고, 스스로에게는 더욱더 그러하기 때문에.

거울을 마주 보며 말해 주는 것이다. "나, 참으로 힘들었겠다. 그러나 괜찮다. 전부 과정일 뿐이다."

인공위성

씁쓸하거나 공허한 감정이 들면 고개를 들어 이따금 하늘을 바라본다. 어려서부터 빛나는 것을 좋아했던 나는, 밤하늘에 빛나는 별을 보면 초췌했던 기분이 개어지는 듯한 위로를 받는다. 오늘은 운이 좋았는지 바라본 밤하늘에 나를 위로해 주는 반짝임이 툭 하고 존재했다. 그러다 어떤 생각이 들어 멈칫한다. 어딘가에서 들은 이야기가 생각난다. 요즘같이 공기가 썩 좋지 않은 날에는 별이 보이지 않는다고. 밤하늘에 보이는 별의 실상은 인공위성일 확률이 높다고 한다던.

참 낭만 하나 없는 퍽퍽한 일 아닌가. 저 찬란한 반짝임이 지구 꼭대기를 윙윙 맴도는 인공위성에 그친다니. 아주 멋없는 사실 같다고 생각했다. 알면 알수록 세상은 아름답게 꾸며지지 않은 것 같다고. 그렇게… 잠시 동안 하늘을 멍하게 보는데 어떠한 생각이 뇌리에 스쳤다. "반짝이는 건 똑같잖나." 정도의. 뭐, 내 눈에 보이는 저 반짝임이 인공위성뿐이라 생각하면 끝없이 별 볼 일 없는 일이겠다만, 반짝이는 것만큼은 별과 다를 바 없다 여긴다면 한없이 별 볼 일 있는 일이 아니겠나. 사실대로 믿지 않으니, 조금은 왜곡하고 내려놓으니 제법 낭만적인 오늘의 마무리이자, 제법 숨통 틔는 밤하늘이 아닐 수 없었다.

아, 제법 쓸 만한 일 아닌가. 그냥 그렇다고 믿어 보는 것. 그런대로 느껴 주는 것. 세상엔 내가 알아낼 수 없는 것들이 가득하고, 해결할 수 없는 일들이 아주 범람하니. 그러한 답답함과 공허함이 엄습할 때엔, 인공위성을 보고도 별이구나 싶은 시선으로 그런가 보다… 하는 게 맘 편한 일 아닐까 한다. 삶에 가득했던 모든 열망 어린 문장 앞에 '비록' 이란 전제를 둔다. "비록… 그럴지라도… 정도의 말을. 실망이라는 감정 앞에 '그냥' 이라는 결과를 세워 둔다. 그냥… 그 정도면 됐지…." 따위의.

"비록 그럴지라도, 그냥 그럭저럭 되었지."

아, 이렇게 생각하니 저 반짝임은 실로 대단한 것 아닌가. 전혀 낭만적이지 못한 것이, 곧 맴돌다 우주 먼지가 되어 버릴 것이 초췌한 나의 하루를 보살피고 위로하여 준다. 오늘도 비록 여느 날과 다를 것 없이 힘들었지만, 그래도 그냥 이렇게 별 탈 없이 흘러갔으니 그거면 되었다고. 그 사실 하나만으로도 참 별 볼 일 있던 하루가 아닐까.

나의 삶을 지지하고 지탱하는 건, 실로 완벽한 사실이 아닌, 때로 모르며 바라보았던 것들이므로. 그냥 그렇게 보내고 지내왔던 것들이 외려 아름다웠던 때가 있으므로.

삶이 나를 힘들게 하는 것만 같을 때 기억해야 할 것들

◇ 삶은 어떤 선택을 하더라도 늘 후회와 아쉬움이 따를 수밖에 없다는 걸 기억하라. 나만 유독 후회를 많이 하는 것이 아니고, 아쉬움이 남는 것도 아니다. 선택에 대해 자꾸만 미심쩍은 생각이 드는 것은 인간의 본성이라 말할 수 있다. 그 안에서 최선의 노력을 이어 가는 것만이 최선의 답에 가깝다. 나아가고 있기에 후회가 잇따르는 것이다.

◇ 나보다 어떤 부분에서 능력이 있고 뛰어난 사람이 옆에 있을 땐 비교하며 배울지언정, 비교하며 주눅 들진 말 것. 분명 '나만이' 잘할 수 있는 일이 있을 것이다. 그 말은, 타인에게도 '상대방만이' 잘할 수 있는 일이 있다는 것이기에, 비교를 하며 자신을 낮추는 것은 스스로를 끝없는 수렁에 빠지게 하는 일임이 틀림없다. 비교는 어쩔 수 없이 하게 되는 행위지만, 그것을 연료로 삼고 나아가느냐 마느냐는 능력의 영역이다.

◇ 해결책을 찾지 못한 일이라도, 괜찮다. 가끔 놓아 주고 포기하는 것은, 삶과 나 자신 사이의 풀리지 않는 긴장을 이완하는 유일한 길이다. 해결하지 못하고 물러선 일이더라도 해결책을 찾으려던 노력은 분명, 삶의 양분이 되었을 것이다. 에라 모르겠다 하고 쉬는 것도 아주 큰 능력이다.

◇ 오늘도 서툴고 실수를 했겠지만, 그래도 잘 견뎌 낸 나에게 고맙다고 해 주는 것. 힘들고 벅찰 때일수록 나에게 매몰차게 굴기보다, 극진히 보살펴 주어야 한다. "힘든 하루 어찌저찌 버티는 게 얼마나 어려운 일인데, 나 정말 잘했다." 자꾸만 되뇌어 주어야 한다. 가면 갈수록 내 편이 사라지는 이 세상에서 나라는 존재는 얼마나 든든한 아군이겠는가.

◇ 나이가 들수록 다 알면서도 모른 척하는 일이 비일비재하다. 어떤 일에 대하여 미련하거나 용기 없는 선택을 한 것이 아니다. 그냥 모르는 척하고 져 주는 게 맘 편한 상황을 이해하게 된 것이다. 괜한 곳에 감정 쏟지 말고, 비축해서 생산적인 일에 몰두할 것. 삶의 곳곳엔 이해할 수 없고 받아들이기 쉽지 않은 일들이 빈번히 일어나는 것이니.

◇ 자신감이 없으면 잘될 일도 안 된다. 밥 든든히 먹고 당당히 나아가자. 까짓것 어때, 우리 곧 죽어도 주눅 들고 다니지는 말자고.

오늘도 서툴렀고,

실수를 반복했겠지만

그래도 잘 견뎌 낸 나에게 고맙다.

나, 정말 수고 많았어.

잘 살아 내고 있다는 것은

꿈에서 미운 사람에게 꽂아 버리고 싶은 주먹처럼 잘 움직이지 않는 삶이 내 주변에 존재한다. 취한 것도 아닌데 자꾸만 하고 싶은 말을 얼버무리며 말하곤 했고, 직시하며 걷고 있는데 어딘가 불편한 발목으로 딛는 것처럼 매일을 휘청거렸다. 내가 운행하는 인생이라지만 좌측을 향하면 오른쪽으로 가고, 우측을 향하면 왼쪽으로 가는 것 같은 불안하고도 온전치 못한 삶.

그러나 나는 또 믿는다. 꿈에서 닿지 못할 사람에게 건네주었던 선물처럼 내가 이루지 못한 것을 해내는 삶도 끝끝내 존재한다고. 기분 좋게 취하고 집에 들어가는 길처럼 별일 없이 선선한 바람에 가벼워지는 마음 같은. 무작정 걸어가다 도착한 예쁜 꽃밭처럼 의도하지 않았지만 마주치는 행복이 있다고. 내가 운행하는 인생에는 명확한 이정표가 없으니 어디로 나아가는지 종잡지 못하는 불안 안에서 그럭저럭 대처하며 나아가는 것 아니겠는가.

무릇 잘 해내고 있고 잘 살아 내고 있다는 것은 기분 나쁘게 축축한 꿈도 꾸고, 허황되었지만 기분 좋게 감싸 안아주는 꿈을 맞이하며 그럭저럭 단잠을 청할 수 있는 것. 쉬이 넘어지곤 하지만 근간을 무너뜨릴 만한 시련은 아님에 감사하며 성장한 걸음으로 나아가는 것. 마주한 의도치 않은 행운으로 그간의 불행을 씻어 버리는 것. 어디로 가고 있는지 잘 가고 있는지 모를 만큼 흔들리지만, 마음먹는 대로 가고 있지 않으니 마음먹은 것보다 더 잘될 수 있다는 희망을 품고 나만의 정도를 꾸준히 이행하는 것.

무릇, 잘 살아 내고 있다는 것은.

나의 가장 큰 적에게

"내가 나의 가장 큰 적이다. 내가 나를 가장 힘들게 하기 때문."

언젠가 흔들리고 무너졌던 시기에 메모장에 적어 놓은 문구다.

생각해 보면 그랬다. 나는 나를 가장 힘들게 하는 사람이자, 나를 가장 행복하게 만드는 사람이었다. 내가 힘들다면 그것은 나의 탓이 가장 크고, 내가 행복하다면 그것 또한 나의 덕이 가장 지대한 것이었다. 그 무엇도 나 없인 나를 힘들게 하지 못한다. 그 무엇도 나 없인 나를 즐겁게 하지 못한다. 내가 느끼는 감정은 나에게서 태어나 나의 생을 그렇게 꾸리기 마련이었다. 내가 느끼는 모든 결과는 나의 선택에 의해 태어난 것에 가깝달까.

그러니, 내가 힘들지 않아도 될 일에 힘들다면, 힘들어해도 해결하지 못할 일에 힘들다면 그것은 오롯이 나의 탓이었다. 두려워서 포기하지 못하는, 꽉 잡고 후회만 하는, 돌이킬 수 없는데 돌이키려고 하는, 알면서도 그 상황으로 뛰어든 '나'라는 큰 적이 있었기 때문이었다. 상황 탓도 남 탓도 할 것이 전혀 없는 일이었지만, 탓할 무언갈 찾아 사방에 삿대질하는 내 옆엔 늘 나 자신이라는 어두운 그림자밖에 없었다.

이 사실을 알면서도 내가 나를 힘들게 하는 걸 멈출 수 없을 때에는, 꼭 기억해야 할 것이 있다.

염려할 가치가 있는 일만 염려할 것.
힘들 가치가 있는 일에만 힘낼 것.
내가 쏟을 수 있는 감정과 노력에는 한계가 있으니
마음을 쉬는 것이야말로 가장 생산적인 일임을.

포기할 가치가 있는 일은 온 맘으로 놓아 줄 것.
후회할 가치가 있는 일은 움켜쥐고 마음껏 아파할 것.
그럴 때에는 세상이 망하는 게 아니라,
잠시 흐려서 비가 내린 것뿐이니
후엔 맑은 날이 도래할 것임을.

자신을 너무 큰 적으로 돌리며 외면하지 말 것.
자신을 적으로 만든 것 또한 나 자신이지만
나는 나의 가장 큰 적이기 전, 나의 가장 큰 친구였음을.

분명 잘하고 있습니다

잘하고 있습니다. 잘 살고 있고요. 스스로에게 말해 주지 못했지만 말이에요. 나 자신에게 말해 주지 못하는 이유는 '잘'의 기준이 완벽함이어서 그렇습니다. 간단한 예로 우린 맛있는 것을 먹고 "잘 먹었습니다." 이야기하지만 그것이 그 어떤 식사보다 완벽한 식사였음을 뜻하진 않습니다. 때론 값싼 컵라면을 먹더라도 시장이 반찬인지라 정말 잘 먹었습니다. 값비싼 호텔의 조식을 먹을 때보다도 포만감 있어 정말 만족합니다. 이렇듯, '잘'이 가진 의미는 완벽함보다는 만족감에 가깝습니다. 그러니 정말이죠, 우린 어떤 상황과 심정을 맞이하며 그 안에서 참 잘하고 있습니다. 내 상황에 아주 만족히 해내었고, 내 삶에서 이토록 만족하며 살아갑니다. 가령, 이 짧은 글보다 잘 짜여진 문장은 세상에 아주 많겠지만, 지금 이 글을 보며 감동받고 잘 읽어 준 당신이 있기에, 쓴 작가도 나름 잘 쓰고 있는 셈입니다.

감히 확신하건대, 분명 잘하고 계십니다.

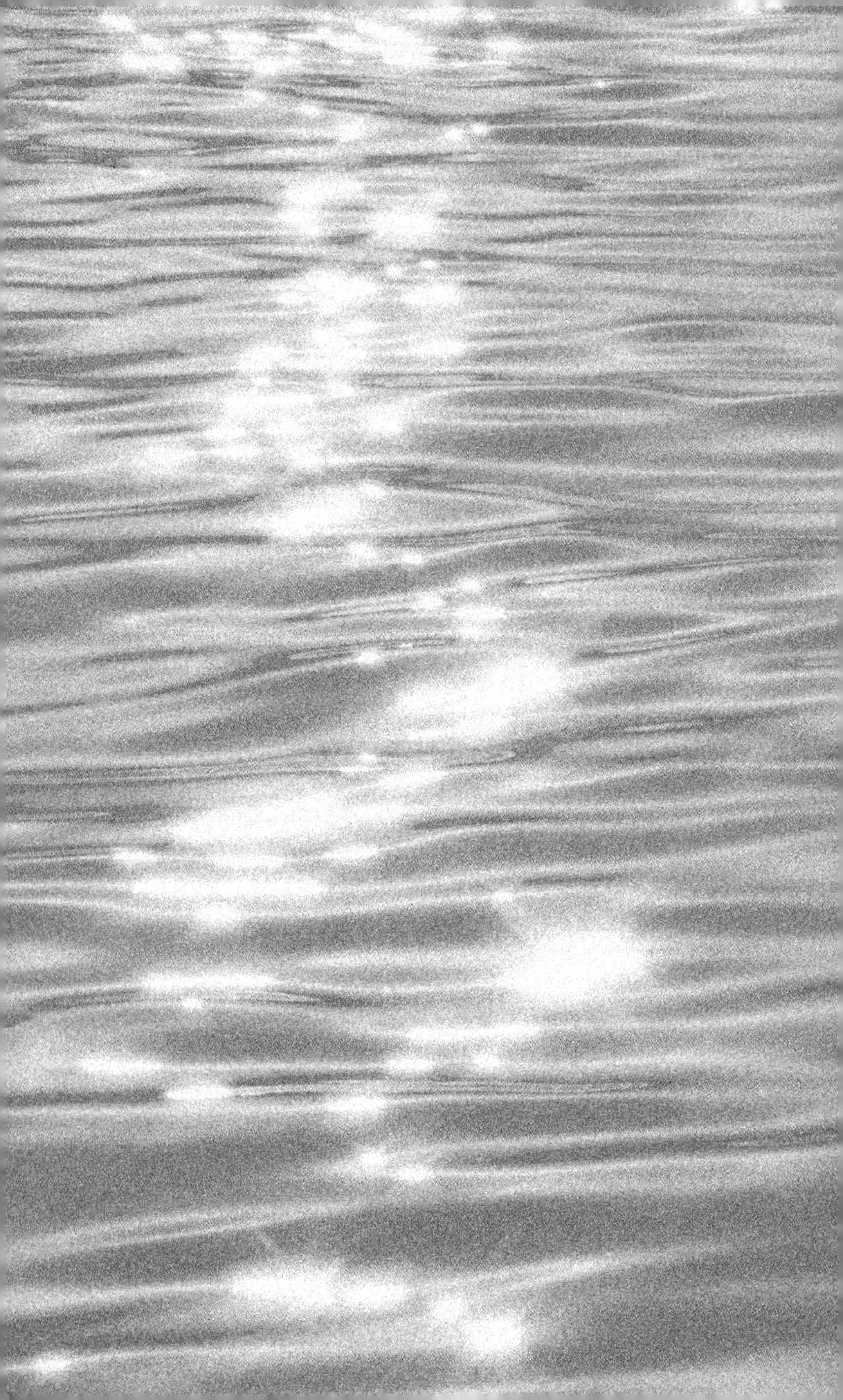

앎은 곧 암暗

'암'을 생각해 보세요. 병명이든, '암울'의 첫 글자인 암이든, '암흑'의 시작인 암이든.

예로부터 한자를 기반으로 많은 단어가 생성되어 왔기에 '암'이라는 단어는 긍정의 의미가 매우 적습니다. 없다시피 할까요. 말 그대로 어둠은 우울과 부정을 뜻하니까요. 우울한 느낌이 들거나, 힘들 때 보면 숨이 콱 막힐 것 같은 단어입니다.

근데 만약, 막 옹알이를 시작한 아이에게 '암' 한다면 어떨까 생각해 봅니다. 입 콱 다물고 긍정하는 단어라 생각하겠죠. "암, 그렇지." 정도의. 아니면 '엄마' 할 때 '엄'과 비슷하니 내 편인 활자라 생각하겠죠. 또는 아무 생각도 들지 않을 겁니다. 무지함에서부터 비롯한 긍정이나 중립 정도의 생각을 가질 것입니다.

배움이란 것이 이렇습니다. 몰랐다면 지나칠 수 있는 것들을 부정으로 껴안고 살아가는 일. 많이 알고 배울수록 쉽게 추락하는 일. 별거 아닌 것도 힘겹게 받아들이는 일.

앎은 곧 암暗.

아마 우리가 힘들고 우울한 이유는 몰라서가 아닙니다. 외려 많이 알아서겠죠. 두렵고, 암울하고, 지치고, 가여운 이유는 곧, 살아가고 있기 때문입니다. 또 그 삶 속에서 기필코 배우고 있기 때문입니다. 곧, 부정적인 감정은 당신이 살아가고 있다는, 또 그렇게 배우고 있다는 것을 반증하는 셈일 수도 있겠습니다.

힘겹겠지만 살아가야겠죠. 알아도 나아가야겠죠. 머무르지 않고 마음을 움직이겠죠. 그런 우리이기에 아주 힘들 때는 '앎은 곧 암'임을 기억하겠습니다. 생에 어둠이 가득 끼어 있을 때에는 그래도 무던히 살아가고 있구나, 나아가고 있구나, 하며 마음을 안정해 두기로 합니다.

삶은 알면 알수록 힘에 부치지만, 모르던 때로 되돌아갈 수 없는 구조니까. 살아간다는 것은 좀처럼 고치기 힘든 감기를 달고 사는 것이니까. 모두가 불치병 같은 불운에 걸친 삶을 이어 가고 있습니다. 알면 알수록 부정적인 것들이 자주 끼이는 그런 일들 말입니다.

그 안에서 알아 가느라 고생하셨습니다. 살아가느라 고생했습니다. 이겨 내느라 애쓰셨습니다. 인내하느라 애썼습니다.

오늘만큼은, 모른 척하지 않고 나아가는 나에게 말해 주어야 마땅한 일이겠습니다.

고생했다고, 애썼노라고, 조금은 쉬어 가도 되는 거라고. 그만큼 알았으면 충분한 거라고.

당신의 앎을 응원하듯, 당신의 쉼 또한 응원하겠습니다.

나를 사랑하는 것에 대하여

나를 잘 알아 가는 것

나를 사랑하는 것은, 나를 껴안고 스스로 쓰다듬는 것을 뜻하지 않는다. 단지, 나를 가장 잘 아는 것이라 생각한다. 곧 스스로를 껴안을 때와 채찍질할 때를 이해하는 것이다. 소소하게는 나는 어떤 분위기를 좋아하는지, 어떤 이야기를 재미있어하는지. 나아가 어떤 일에 유능한지, 어떤 사람을 배척하고 싶은지. 더 심도 있게 나의 실질적 장단점은 무엇인지, 삶의 가치관이 어떤 것으로부터 나오는지 등을 아는 것. 쉽게 지나칠 것들로부터 깊게 스며 배워 가는 것. 선뜻 외면할 법한 것들로부터 그 어떤 나를 인정하는 것. 사랑은 곧, 세세하고 완벽하게 아는 것이므로.

나를 사랑하는 것은 자존감이 높은 것과는 사뭇 다르다

자존감이 높다고 해서 나를 사랑하는 것은 아닐 수 있다. 자신감이 넘친다고 해서 나를 아낄 줄 아는 것은 아닐 수 있다. 나를 사랑하는 과정에서 자존감과 자신감이 저절로 따라올 순 있어도, 자존감과 자신감이 충족되었다고 내가 나를 사랑하는 것은 아닐 수도 있다는 것이다. 나를 알지 못하고 가꾸지 못하는 상태, 곧 나를 사랑하지 못하는 상태에서의 자신감과 자존감은 외려 나를 쉽게 무너뜨릴 수 있다. 자신에게서 나오지 않은 근본 없는 믿음과 충족은 무엇도 대신할 수 없는 미련이 되기도 한다.

자신에 대한 실례를 범하지 않고
최소한의 예의를 지키며 살아갈 것

타인에 대한 예우와 인정은 억지로라도 잘 내보이고 다니면서, 나에 대한 예우와 인정은 잘하지 못할 때가 많다. 나에 대한 실례는 곧, 내가 나를 믿어 주지 못함에서 나오는 것이며 나에 대한 최소한의 예의는 곧, 자신을 믿어 주는 것에서부터 나온다. 근본 없이 자신감만을 가지라는 건 아니다. 어떤 때에는, 예외 없이 나를 믿고 행해 줘야 하는 때가 분명 존재한다. 내가 나를 믿어 주지 못하는데, 그 누가 나를 믿어 줄 수 있겠는가.

나만 알고 나만 보는 것은 나를 사랑하는 것이 아니다

주도적이고 주체적인 삶이, 남을 배척하고 나만을 생각한다는 것은 아니다. 주위를 살필 줄 알되 그 중심에는 내가 있는 것. 간혹 이를 잘못 이해하면 이기적인 사람이 되기도 한다. 주도적이며 주체적인 삶을 '내가 올린 게시글'

을 보는 태도로 예를 들어 보겠다. 게시글엔 내 주장과는 다른 의견의 댓글이 달리기도 한다. 주도적임이란, 그것을 못 본 척 무작정 넘기는 것이 아니라 하나하나 확인하며 되려 그것에서 배울 줄 아는 자세이다. 그러나 심한 비난은 스스로가 걸러낼 수 있는 것. 감동적인 의견을 확인하며 감동받고 더 잘 해내고자 하는 것. 내가 남긴 글을 다시 읽어 보며 나에게 감탄할 줄도 아는 것. 이런 자세야말로 삶 안에서의 최적의 주도적임과 최선의 주체적임이 될 것이다.

무엇을 해야지만 나를 인정하는 것은,
나를 온전히 인정하는 것이 아니다

자신감에 대한 사전적 정의를 보자. '자신이 있다는 느낌'이다. 느낌, 즉 주관적인 마음일 뿐이지 꼭 대단한 것을 이뤄서 얻은 것이 아니라는 것이다. 나를 인정하는 것, 즉 나의 존재에 대하여 확신을 갖는 것은 무엇을 이뤄야지만 얻을 수 있는 게 아니다. 자신에 대한 인정을 베풀어 보자. 대단한 걸 이루지 않은 나라도 충분히 자랑스러울 수 있다. 사소한 일들과 결과로부터 자신을 인정하고 스스로의 자랑이 됨은, 나의 삶을 윤택하게 해 줄 윤활제가 될 것이라는 걸 기억하자. 내가 나를 자랑스러워해야 내가 하는 일들이 자랑스러워질 수 있다. 내가 자랑스러워져야 내 주변의 자랑을 기쁘게 수용할 수 있다.

앞

앞이 있다는 게 나를 괴롭힌다. 지금은 막혀 있어도, 앞에 또 다른 가능성이 나를 반기고 있단 건 꽤 숨 틔는 일이지만, 지금도 막히는데 여전히 앞에 무언가 막고 있다는 건, 꽤 숨 막히는 일이었다. 더 이상 헤쳐 나갈 수 없는 앞이라는 벽은, 꾸역꾸역 살아온 나를 지친 현실로 데려다 놓았다. 앞이라는 단어를 생각해 본다. 인자함 하나 없이, 껌껌하다. … 꽉 막혔다. 언제부터 '앞'은 나에게 무시할 수 없는 장애였다. 무언가 또 있다는 것만으로 나는 지레 절뚝였다. 뚫리지도 보이지도 않는데 그저 가라고 떠민다. 내 앞은 지금보다 조금 더 퍽퍽할 것이라는 생각이 나를 지배하게 되면서. 분명 언젠가, 미래를 생각하며 더 밝은 앞을 상상하는 우리였지만, 어느 순간 지금보다 좀 더 껌껌한 앞을 그리고 있었다. 이제야 세상을 배운 걸까, 지금껏 세상을 너무 몰랐던 것일까.

나는 이제야 앞이 두렵다. 두렵게 생각하고 있는 내가 이제야 더 두렵다. 두렵게 생각하는 나를, 또 두렵게 생각하는 내가 있을까 그게 더 두렵다. 언제부터 나의 앞엔 두려움에 허덕이는 나만이 있었다. 앞. 앞. 앞에 끊임없이 내가 있었다. 내 앞엔 또 앞이 있었다. 감히 헤쳐 나가면, 그 앞엔 미련한 내가 나를 막아서는 기분이었다. 먹먹했다. 앞으로도 계속 두려울까 두렵고, 먹먹할까 먹먹했다.

괜찮아지고 싶어도
괜찮아지지 않을 때가 있습니다

괜찮아지고 싶어도 괜찮지 않을 때가 있습니다. 어떤 날엔 냉장고에 있는 달콤한 케이크를 먹으면 괜찮아질 것 같아 한입 베어 물어 보지만, 여전히 피곤한지 눈 밑에는 그늘이 가득합니다. 어느 날엔 다소 지저분했던 방을 정리하면 나아지겠지 했는데…. 구석구석 정리하면서 눈에 밟히는 지난 연인의 흔적이 내 맘에 콕콕 밟히기만 합니다. 한숨 자고 일어나면 괜찮아지겠지 하고 누워 봐도, 매트리스가 까칠하게만 느껴지는 탓에 뒤척거리기 바쁩니다. 그러다 친구에게 연락이라도 오면 지금은 기분이 좋지 않으니 "다음에 연락해야지…." 하다 잠이 듭니다. 일어나니 창밖은 어둡습니다. 친구에게는 서운함이 담긴 메시지가 와 있습니다. 나는 그 친구가 싫어서 피한 게 아닌데 말이죠. 깜깜한 풍경에, 괜한 오해까지 생기니 마음은 우울함으로 물들어 갑니다. 그때 마침, 아빠에게 전화가 왔습니다. 전화를 받습니다. 담배를 태우는 사람은 모릅니다. 담배를 태우며 전화를 하는지, 아닌지 그 호흡의 소리만으로 듣는 사람은 다 알 수 있다는걸요.

“아빠 담배 피우세요?” 물어봅니다. 그때부터 뻐끔뻐끔 소리가 들리지 않습니다. “아빠 담배 끊었잖아요. 왜 또 피우는 거예요.” 핀잔을 줍니다. 아빠는 말합니다. “속상해서 그래. 이번 한 번만 봐주라.”

아마 아버지도 그랬을 겁니다. 괜찮은 척해 봐도 괜찮아지지 않아서 그러다가 괜히 일만 더 꼬이고. 그래서, 그렇게 굳건히 약속했던 담배를 다시 뻐끔뻐끔. 그래야 숨이라도 쉴 수 있을 거 같으니까 뻐끔뻐끔. 그러면서 내 생각이 나서 안부를 묻고 싶었겠죠. 그렇게 생각하니 후회가 됩니다. 이럴 땐 모르는 척 넘어갈 걸 그랬습니다. 어쩌면 내가 아빠의 숨구멍을 연달아 막아 버린 건 아닐지요. 수화기 너머 대화가 오가던 중 뜬금없이 눈물이 왈칵 쏟아지려고 합니다. 하필이면 타이밍이 좀 안 좋습니다. 전화를 끊어야겠다며 대화를 마무리합니다. 아버지가 담배를 못 끊고 계시다는 건, 나보다 긴 여정 동안 괜찮아지려고 해도 괜찮아지지 않았다는 걸 증명하는 것과 같겠죠.

아버지의 뻐끔뻐끔, 담배 태우는 호흡을 내가 수화기 너머 전파로 느끼듯, 나의 울컥하는 흐느낌을 그도 전파로 느낍니다. 그래서 아빤 허겁지겁 전활 끊으려는 나를 막지 않아 주었습니다. 왜 우냐고, 무슨 일 있느냐고 붙잡고 묻지 않았습니다. 그렇게 전화를 끊고 한참을 울고 나니 마음이 좀 게워지는 것 같습니다. 어쩌면 아빠는 나에게 울 구멍을 내어 준 셈입니다. 아무리 괜찮아지려고 해 봐도 괜찮지 않던 나의 마음에 조금은 볕이 듭니다. 마음에 잔뜩 낀 먹구름 사이로 아주 작은 빛이 들었습니다. 어두운 창밖으로 달빛이 은은하게 비치고 있습니다.

요즘은 노력해 봐도 노력대로 안 되는 날의 연속이었습니다. 일이 꼬이고 꼬여 깊은 한숨을 쉬었습니다. 그러나 나와 비슷한 사람을 보게 되고, 동질의 아픔을 나누고, 펑펑 울고, 조금은 기분이 풀리고 했을지도 모를 일입니다.

아직도 삶은, 어떻게 하는 건지 잘 모르겠습니다. 그러나 다 괜찮다 감히 말해 봅니다. 마음만큼 생각만큼 다 되진 않지만, 생각지도 못한 곳에서 치유와 희망을 얻습니다. 굳이 괜찮은 척하려 하지 않아도, 괜찮아질 겁니다. 모두가 서툴더라도 잘 해내고 싶은 마음이 있고, 서로가 서로에게 서툴더라도 좋은 사람이 되고픈 마음이 있기 때문이겠지요. 정말 괜찮습니다. 걱정이 있고 그 안에 사랑이 있습니다. 고민이 있고 그 안에 목표가 있습니다. 염려가 있고 그 안에 애틋함이 있습니다. 그러니 굳이 괜찮아지지 않더라도, 우리 오늘 괜찮습니다. 괜찮아지고 싶어도 괜찮지 않을 때, 그럴 때 우리는 아주 작은 것들로부터 위로와 희망 같은 걸 찾아냅니다. 아니, 아주 작은 동질의 마음으로부터 서로가 서로를 무던히 껴안아 주고 있었습니다.

그 어떤 상처로부터
아픔으로부터 잘 견뎌 내었다.

지금의 당신이 되느라
얼마큼 힘들었을까.

이겨 내느라 얼마나 힘썼을까.

파도와 시련

나에게 있어 파도는 치는 것이지만
파도에게 있어 나는 앞을 막고 있는 장애물이다.
생각해 보면 시련에게 있어 나는 넘어서야 할 것이다.
무너뜨려야 할 것이며 동시에 맞이해야 하는 것이다.
매섭게 몰아치는 해풍과 드넓은 파도의 가운데에서.

"시련에게는 내가 시련이다."

잊지 않겠다.

30대가 되고 나서 알게 된 것들

어떻게든 흘러간다

유독 나만 불안하고 힘든 거 같은데, 사실 다들 똑같이 힘들고 불안한 채로 살아가더라. 그 와중에도 잘 헤쳐 나가는 사람들을 살펴보면 '될 대로 돼라.' 식의 사고방식을 가지고 있더라는 거. 걱정해서 해결될 일, 안 될 일 구분해서 괜한 거로 스트레스받지 말도록 하자. 어떻게든 흘러가겠지라는 생각이 가끔씩 꼭 필요하다. 내일이면 다 해결될 일들이라고. 내일의 나는 생각보다 강하다고.

쉼은 삶에 대한 투자이다

쉴 거면 확실하게 쉬어야 한다. 괜히 쉬면서 눈치 보고 스트레스받을 바엔 쉬지 않는 편이 옳다. 적당한 시기에 적정선의 쉼을 스스로에게 주는 것은 벅찬 나의 삶에 최선의 투자이며, 열심히 나아간 기간에 대한 뚜렷한 결과여야 한다.

좋은 사람, 세상에 참 많다

한 사람에게 왜 그렇게 목숨 걸고 사랑을 주었지 싶다. 그 말고도 좋은 사람, 널렸다. 어차피 시간이 지나면 가끔 가다 메신저 프로필 사진이나 확인할 사이에 목숨 걸고 연연하지 말자. 나의 사랑을 받을 자격이 있는 사람은, 나의 소중함을 알아봐 주는 법이다.

사람은 알아서 변한다

사람은 변화를 강요한다고 해서 변하지 않는다. 누군갈 내 힘으로 바꾸려는 것은 오만한 생각에 불과하다. 변할 사람은 알아서 변화할 계기에 따라 변하게 된다. 그렇게 끌고 가지 않아도 알아서 탈피하고 성장한다는 것. 한 사람의 사고와 행동을 내 힘으로 바꾸어 보겠다는 생각은, 그 사람을 내 아래로 보는 자만일 뿐이다.

체감하지 못했지만 시간이 너무 빠르다

나는 아직도 어린아이로만 남고 싶은데, 우리 엄마 아빠는 내가 어릴 때 봤던 할머니 할아버지의 모습으로 변해 있다는 것. 지금이라도 늦지 않았단 생각으로 잘해 드려야겠다고 다짐하게 된다. 나와 그들 간에 나눠 가진 시간이 아주 유한한 것이었구나, 새삼스럽게 깨닫게 된다.

마음이 건강해야 내가 건강해진다

몸도 몸이지만 마음을 정말 잘 챙겨야 한다. 여행을 통한 심적 회복이나, 소중한 이들을 만나 속이야기를 하는 것은 땀 흘리며 뛰는 것만큼 중요한 배출과 운동이다. 만성 피로나 불면증에 시달린다면 육체의 문제보다도 마음에 병이 있을 가능성이 크다는 것. 마음이 굳건해야 몸을 움직일 수 있는 에너지가 생기는 것이다.

그의 주변엔 그와 닮은 사람이 존재한다

끼리끼리 논다는 말은 모든 상황에 맞는 말은 아니지만, 절대적으로 틀린 말도 아니다. 이는 긍정적인 영역보다는 부정적인 영역에 크게 작용한다. 그의 주변엔 그와 닮은 사람이 꼭 존재한다. 그러니 나와 결이 맞지 않거나 큰 실수를 저질러서 잘라 버릴 사람이 있다면 그 주변인들도 유심히 보고 함께 걸러야 한다. 나중으로 미루지 말고.

기린의 목처럼

원하는 것에 대한 열망을 편히 눕히지 말 것.

야생의 기린처럼 서서 잠을 청해야 할 것이다.

그리고 숱한 가난에 적응하며 살아갈 것.

흙탕물을 달게 삼켜 가며 그것에 면역하도록 할 것이다.

오랜 꿈에서 등 돌리지 말 것.

언젠간 하늘의 별을 다 세겠노라, 위를 바라보며 비웃음 당해 보기도 할 것이다.

사랑에 성공할 것.

아버지의 성경책처럼 낡더라도 버리지 말 것이며

또 누군갈 지키고 지킴 받는 것에 열중할 것이다.

언젠가 나의 가족을 위해 봉사할 것.

부모와 형제가 동냥하지 않더라도, 먼저 다가가서 살필 것이다.

혜안을 동경하며 걸을 것.

어머니의 사랑처럼 변함없는 진실을 바라보고 경험할 것이다.

잠시를 숙여도 결국 위로 자랄 것처럼, 곧은 신념을 지니고 살아갈 것.

스스로의 법칙을 세우고 그것에 안주하지 말 것이다.

언제 그랬냐는 듯 핏대 세우고 빳빳할 기린의 목처럼 말이다.

상처받지
않기 위하여

쉽게 마음을 주지 말라. 그 어떤 수용이라도.
함부로 마음을 열지 말라. 그 어떤 다정이라도.
조급히 의미를 두지 말라. 그 어느 값어치라도.
가벼이 상심하지 말라. 그 누구의 비난이라도.
애써 숨기지 말라. 그 어떤 부정이라도.
많이 보여 주지 말라. 그 누구의 두드림이라도.
결코 뒤돌아보지 말라. 그 언제의 지나감에도.
선뜻 앞서지 말라. 그 어떤 예상이라도.
상처받지 않기 위하여, 상처를 허락하지 않기 위하여.

세상을 알아간다는 건
행복이 두려워지는 것

언젠가 철없던 내가, 세상을 어느 정도 알게 되었구나 느꼈던 때는 나의 행복이 문득 두렵게 느껴지기도 했던 때였다. 나 지금 정말 좋고 행복해. 그래서 두려워. 행복한 기억은 꼭 피하고 싶은 기억이 될 테니까. 지금 이 행복한 시간이 언젠가 잊고 싶은 시간이 될 수도 있다는 게 벌써부터 질려. 그렇게 생각하고 있는 내가 싫고.

영원한 행복은 없다는 것. 날 행복하게 하는 것은 피하고 싶은 것이 되어 버리고 만다는 것. 그렇기에 코앞에 행복을 두고 문득 두려워지기도 한다는 것. 그래서 선뜻 껴안고 싶다가도 저 멀리 던져 버리고 싶어지는 것. 오늘의 행복을 쉽게 받아들일 수 없는 이유였다. 아는 만큼 모르고 싶어지는 것. 지금보다 나중을 더 걱정하게 되는 것. 그래서, 혹하다가도 휙 하고 뒤돌아서게 되는 것. 어쩜 세상을 알아간다는 건 행복의 순간에, 무뎌지는 일일 수도 있었다. 우린 불행에 가까워지는 것이 아니라, 행복에서 멀어지는 사람들이기에 자꾸 두렵고 겁이 나는 것이다.

인식하지 못했지만
나의 삶을 굳건히 유지시켜 주는 것들

나의 속사정을 알아주는 이들

내가 힘들다는 생각의 근원은 단순히 부정적인 상황이 지속됨으로써 드는 감정이기보다, 내가 이렇게 힘든 걸 누군가 알아주지 못함에서 나오는 일종의 투정 같은 것일 때가 많다. 그러니 삶의 곤욕은 알아주는 누군가가 있다는 사실만으로도, 언제 그랬냐는 듯 스르륵 풀어지기도 한다. 인생은 어떻게 해서든 흐른다는 말은 이런 뜻이다. 모든 일이 해결되지 않아도, 완전히 균형 잡혀 있지 않아도, 넘어지고 또 상처투성이래도 괜찮냐고 무슨 일 있냐고 아프진 않냐고 울어도 된다고 말해 주는 이들이 있기에 적정선의 온도로써 버텨 내며 지나가게 되는 것. 나를 알아주는 귀한 몇 명의 사람들로써 내 삶은 적정한 생태를 유지하는 것이다.

마음속 문장

언젠가, 그러니까 아주 어렸을 적에 아버지가 해 준 말 속에는 분명 힘이 있고 길이 있었다. 어머니의 격려와 염려 속에는 지혜가 깃들어 있었다. 나를 사랑하고 귀히 여기는 이들의 마음 밖으로 꺼내져 나온 격언과 우려와 때론 꾸짖음은 은연중에 나의 마음에 각인되어 삶을 가꾸어 가는 지반이 된다. 무용하다 여기었던 그들의 잔소리가 실로 대단한 삶의 이정표였음을. 너무 어리고 여려서 쉽게 수용하지 못했던 말들을 되짚어 보며, 이제는 나의 부족함을 깨닫고 그들에게 조언을 구하게 된다.

흘리는 눈물

진주가 가진 뜻은 눈물이라고 그랬다. 단단하고 값어치 있는 삶이란 자신의 눈물을 선뜻 아름답게 흘려 낼 수 있는 삶이라. 그 숱한 쏟아 냄이 쌓이고 쌓여 보석처럼 아름답고 다채로운 형태가 되는 것이다. 자주 표현하고 흘릴 수 있는 삶은 마음의 노폐물을 빼는 과정과 같아서 켜켜이 쌓인 우울의 무게를 줄여 주는 역할을 한다. 참고 견디어서는 불가한 것들이 존재하는 것이니, 흘리는 눈물은 삶의 적당한 지지대이다.

일상 속의 안온함

행복이란 것이 너무 뚜렷하고 거대하게만 생각되는 시대다. 그렇지만 실상 들여다보면 행복이란 정확한 형태와 아주 거대한 결과로써 얻어지지 않는다는 것을 알게 된다. 의도치 않은 여행지에서 우연히 먹게 된 정말 맛있는 음식이라거나 운동을 하고 나른한 상태로 잠드는 푹신한

침대의 촉감, 평소 좋아하는 노래가 길거리에서 나왔을 때 흥얼거리며 걷는 걸음, 고된 일을 끝내고 마시는 시원한 맥주 한잔. 이 모든 사소하고 일상적인 것들로부터 행복은 차곡차곡 쌓인다. 삶의 뚜렷한 불행을, 뚜렷하지 않은 행복을 느끼며 희석해 가는 것으로 삶의 균형이 맞춰진다. 뚜렷하거나 거대한 결과는 외려 잃고 싶지 않은 불안으로 와전되기 일쑤이다.

나 자신

어쩌면 정말, 정말 말이죠. 가장 외롭고 슬프고 아프고 환멸 나고 가끔 왜 이러나 싶고 이렇게 사는 게 맞나 싶은 나 자신만이 나를 가장 온전하게 지탱하는 기둥 아닐까 싶습니다. 그러니까, 나는 내가 불안해서 내 삶이 이토록 흔들리지만 결국 나를 지금까지 이끌어 온 것은 누구도 아닌 나인 것 같다고. 그러니까, 너무 의심하지 않으셔도 됩니다. 내가 나를 지금까지 견인해 온 주인공입니다.

내가 나를 좋아해 줄 시기

생각해 본다.

누군가를 열병 앓듯이 좋아했던 마음으로

나는 나를 좋아해 준 적 있을까.

내가 나를 좋아함과 인정함은

이 세상 그 누가 나를 좋아해 줌보다 값진 것이다.

가장 값지고 아름다우며 최대의 다정이자

대체 불가의 의미일 것이다.

혹여 나를 좋아해 줄 이유를 찾지 못할 때는, 기억하라.

막론하고 '지금 당장'이 나를 사랑할 적기이다.

지금 당장에 한정해, 내가 나를 애정함의 이유를 찾는 것은 사치이다.

혼자 있고 싶지만
혼자이긴 싫은 마음

옷은 입으면 덥고 벗으면 춥다. 마음도 옷을 입는다. 사람이라는 옷을. 마음의 옷은 입으면 답답하고 벗으면 외로워진다. 그래서 사람은 혼자 있고 싶다가도 혼자이긴 싫어하는 거다. 생각해 보면 아주 당연한 이치이면서도 아주 이기적인 마음이었다. 그런 마음들이 모여 상처를 주다가도 언제 그랬냐는 듯 또다시 서로를 감싸게 되는 것. 삶은 이기적인 마음이 모여 이 기적을 만드는 것이다.

당신에게 건네는 무조건적인 위로

뜨거운 것을 허겁지겁 먹느라 입천장이 까졌더라도. 급하게 움직이다 넘어져 무릎에 멍이 들었더라도. 손톱을 정리하다 깊게 들어가 속살까지 잘라 냈더라도. 깨진 유리잔을 함부로 집어 손이 베었더라도. 그 상황을 탓하지 않기로 한다. 전부 자신의 선택으로 만들어 낸 것이라고.

별거 아닌 일로 누군가에게 미움을 받았더라도. 소중한 것과의 이별에 마음이 찢어지게 아팠더라도. 오해 때문에 소중한 이와 갈라섰더라도. 가진 것의 부족함이 무척 서글펐더라도. 그래도, 그 과거에 대해 후회하지 않고, 되돌리려 애쓰지 말기로 한다. 이미 지난 것은 돌이킬 수 없는 것이니.

안다. 내 잘못이 아니라며 다른 탓을 하고 싶겠지. 나 아닌 것에게 미움을 쏟아 내고 싶겠지. 그리고 아주 후회되고 또 되돌리고 싶었겠지. 그런 갖은 감정이 오늘도 짙은 새벽을 흔들어 놓았겠지. 그러나 말할 수 있다. 다 지나간 후의 당신이 지금 여기 있다. 언젠가의 후회되는 일들을 이겨 낸 당신이 여기 있다. 결국 버텨 내어 지금의 당신이 되었다. 어쩌면 그 선택의 순간들이 있기에 지금의 든든한 내가 존재하는 셈이다.

모두 당신 탓이자 당신의 것이다.

상처를 만든 것도 당신이지만, 상처를 견딘 것도 당신이다. 또 그것으로부터 아주 깊게 배운 것도 당신이다. 은연중에 버텨 낼 자신이란 걸 믿어 준 용기도 당신의 것이다.

그러니 그만큼이나 대단한 사람아. 당장의 상처에 대해서, 그동안 인내한 시간에 대해서 쉽게 후회하지 말라. 자신을 친히 가엽게 여기지 말고, 타인 또한 쉬이 가엽게 여기지 말라. 우리는 모두 그동안의 상처를 무던히 이겨 내어 지금 여기에 꼿꼿이 서 있는 것이니. 앞으로의 시련에 대해서도 꼿꼿이 무너지지 않을 것이니.

상처가 많은 사람아, 오늘도 그 어떤 상처로부터 아픔으로부터 또 후회로부터 무던히도 잘 견뎌 내었다. 지금의 당신이 되느라 얼마큼 힘들었을까. 이겨 내느라 얼마나 힘썼을까.

언제까지고 무너지지 않을 사람아. 오늘도 그 어떤 아픔과 상처와 고난으로부터 잘 견뎌 내었다. 그거면 된다. 그 사실만으로도 충분히 되었다, 감히 전한다.

언제까지고 무너지지 않을 사람아.

오늘도 잘 견뎌 내었다.

그거면 되었다.

마음 접기

여기, A4 용지 한 장이 있습니다. 종이를 들어, 계속 반으로 접어 볼까 합니다. 이걸 보는 당신도 종이접기를 해 보셨겠지요. 우린 아마도 9번을 채 접지 못해 포기할 겁니다. 종이는 사람의 힘으로 9번 이상 접질 못한다 합니다. 최대 횟수는 기네스북 기준으로 고작 9번이라고 합니다. 저 얇은 종이도 반복해서 접고 접다 보면 도저히 접을 수 없는 때가 온다는 것, 신기하기도 우습기도 한 사실입니다.

한낱 종이도 그러한데, 사람 마음이라고 다를까 싶습니다. 마음을 접는다는 건 그리 간단히 할 수 있는 일이 아닌 거겠죠. 7번…8번…9번… 그렇게 계속 접어 간다는 건 불가능에 가까운 일 아닐까 합니다. 보고 싶은 마음, 그리운 마음, 속상한 마음, 후회되는 마음. 우리, 도저히 내 힘으론 불가능한 마음을 접으려고 안간힘 쓰는 건 아닐지요. 저 얇은 종이도 몇 번 접으면 못 접힌다고 발악을 합니다. 우리 마음이 종이보다 두꺼웠음 두꺼웠지 얇을 리가 있겠습니까.

어떤 마음이라도, 억지로 접으려 하지 말기로 합니다.

마음이 접힌다는 건 9번, 10번

억지로 접어 작게 만드는 게 아닌,

시간이 지나, 접고 싶단 마음조차 사라지는 것에 가까운 거니까.

어떤 일이라도 잊어 보고자 안달하지 않기로 합니다.

정말 잊는다는 건 9번, 10번 지우고 지워

기억이 완전히 사라지는 것이 아닌,

쓰여진 기억을 지우려 하지 않고

아름답게 바라볼 수 있는 거니까.

또 그렇다고 가만히 있지는 말기로 합니다.

접지 못한, 잊지 못한 모든 것들

시간이 해결해 주는 게 아니라는 생각으로 부지런히 노력하여 이겨 낸 자신을 바지런히 칭찬해 주기를.

고통과 후회와 아쉬움의 시간을 인내한 우리, 더 넓은 사람이 되어 차마 접지 못한 것들, 전부 펼치며 살아가기를.

마음이 갑갑할 때
기억하면 좋은 것들

◇ 터놓고 이야기할 수 있는, 소중한 사람들을 만나며 마음 환기를 하자. 고향 친구, 가족, 함께 자고 깨며 힘들어했던 동기들. 쉼이란 무릇 나 혼자서도 충분히 가능한 것이지만, 혼자서 풀지 못하는 알 수 없는 답답함은 좋은 사람들을 만나는 것으로 해소할 수 있다. 의도치 않은 삶의 비결과 기쁨을 얻을 수 있는 사람들과의 유대와 대화는 언제나 옳다.

◇ 큰 변화에 집중하지 말고 아주 사소한 목표부터 세워보자. 너무 거대한 목표는 그에 도달하기도 전에 나를 지치게 할 가능성이 짙다. 작은 부분부터 해결해 나가는 것은, 사소한 변화이더라도 나에게 결코 사소하지 않은 성취감을 안겨 줄 것이다. 자잘한 결과의 순간이 모여 나의 삶을 다채롭게 만든다.

◇ 건강을 챙기고 몸매를 신경 쓰는 것도 좋지만, 내가 좋아하는 음식, 이를테면 달고 짜고 자극적인 것들을 나

에게 넣어 주고 스트레스를 풀어야 한다. 먹는 행복만큼 인생에 있어 큰 비중을 차지하는 행복이 없다. 몇 없는 단 하루의 일탈이 나의 삶의 만족을 좌우하는 것임을 기억할 것.

◇ '내 탓 남 덕'이라는 생각보다, '남 탓 내 덕'이라는 생각으로 조금이라도 나를 응원해 줄 것. 모든 일에 이런 생각을 갖는 것은 부적절하지만, 잠시의 마음 환기를 위해서 나를 더 치켜세워 주는 것. 예민한 스트레스는 줄이고, 되지 않을 일도 되게 만드는 일말의 비결일 것이다.

◇ 지금부터라도 나의 감정을 메모하는 습관을 가지고 예전에 메모했던 감정이 있다면 찾아서 꺼내 보자. 나는 그때 무슨 생각을 했고, 어떤 다짐을 했지? 내가 잊어버리고 산 건 무엇이 있지? 나에게 가장 소중했던 것은 무엇이었지? 내가 나의 삶을 기록할수록 나의 미래가 탄탄히 구성된다.

◇ 조용한 바다로 떠나 보자. 꼭 바다가 아니라 잔잔한 윤슬이 비치는 호수에 가도 괜찮다. 핸드폰은 잠시 내려놓고 멍하니 생각을 지울 수 있는. 깊고 넓어서 마음을 편히 기댈 수 있는. 광활한 자연이 있는 곳으

로, 떠나자. 홀로 떠난 여행은 그 어느 쉼보다도 더 깊은 쉼을 선사해 줄 것이다.

◇ 지금, 바로 지금. 그 어떤 핑계에도 지지 않고 결단한 지금 이 순간. 나의 환경이든, 나 자체이든 변화를 시작해 보려고 하자. 당장의 변화가 무겁게 느껴진다면, 매일 같은 곳만을 맴도는 나의 환경을 다른 곳으로 옮겨 보자. 이걸 보고 있는 지금, 당장 내가 움직이면 나의 삶 전체가 긍정적으로 변한다.

세상의 좋은 단어를

모두 빗대어도

모자랄 만큼의 당신이다.

당신, 참 빛난다.

참 아름답다.

지나감이라는
기적의 바람이 붑니다

새해가 밝았습니다. "새해 복 많이 받으세요."라는 인사 앞에는 "작년에도 참 고생 많았습니다." 따위의 격려가 고개를 내밀어 서로를 반겨 줍니다. 누군가의 숫자는 뒤에서부터 하나씩 차오르고, 누군가의 숫자는 앞자리가 다소 무거워지기도 합니다. 하지만 새해 인사와 나이는 '지나갔다'는 사실이 없다면 아무 의미 없는 인사와 숫자에 불과합니다. 지나갔다는 과거가 우리의 인사, 숫자에 의미를 부여해 주었습니다.

지나감에 대해 깊이 생각해 봅니다. 지나간다는 것, 지나갔다는 것. 그것은 결국엔 떠나보내야 한다는 뜻이고, 또 결국엔 괜찮아진다는 뜻입니다. 그러니 우리의 삶엔 지나감이라는 고통과 치유가 공존하는 셈 아닐까 합니다. 우리가 괴롭고 슬픈 이유는 무언가 지나가기 때문이고, 또 우리가 그것으로부터 괜찮아지며 서로를 응원할 수 있는 이유는 무언가 지나가기 때문이니 지나감과 시작의 순간은 참으로 묘한 힘을 가졌습니다. "새해 복 많이 받으세요." 앞에 "작년에도 고생 참 많았다."는 따뜻한 인사 말고도. 누군가에겐 앞자리가 누군가에겐 뒷자리가 바뀌는 변화 말고도.

어쩌면 지나간다는 거 말입니다, 그 사실만으로 우리를 살아가게 만드는 기적의 바람이 아닐까 합니다.

움직일 힘이 없을 만큼 삶에 지쳤을 때, [12월 31일 오후 11시 59분 59초]와 [1월 1일 오전 00시 00분 01초] 사이의 바람이 나를 떠밀어 새로운 시간 앞에 데려다 놓습니다. 이를 계기로 나는 새로운 바램을 품고 새로운 목표나 계획 같은 것을 정해 봅니다.

떠나간 사람에 대해 충분히 아파했을 때, [이별]과 [만남] 사이, 어떠한 바람이 나를 떠밀어 자꾸만 사랑으로 움직이게 만듭니다. 나는 그 지나감이라는 바람으로 새로운 관계의 바램을 세워 봅니다.

오랜 쉼에 무기력해질 즘, [좌절]과 [기회] 사이의 어떠한 바람이 나에게 용기를 돋게 해 주고, 그 용기는 한 치 앞도 보이지 않는 곳으로 걸음을 딛게 만듭니다. 나는 또 그 바람으로 새로운 바램을 정하고, 새로운 노력과 시도를 위한 날갯짓을 퍼덕입니다.

어쩌면 지나감이라는 기적의 바람은 '바램'이라는 중

의적 의미를 품은 채 우리에게 불어오는지도 모릅니다.

결국, 지나간 일과 새로운 일이 나를 다시 살아가게 만듭니다. 지나간 사람과 새로운 사람이 다시 나를 살게 만듭니다. 지나간 사랑과 새로운 사랑이 다시 나를 살게 만들고, 지나간 삶과 새로운 삶이 다시 나를 살게 만듭니다.

그러니 지나감이라는 후회와 미련에
갇혀 살아도 괜찮습니다.
시작이라는 두려움에 앞날이 캄캄해도 괜찮습니다.
또 뒤돌아보고 넘어져도 괜찮습니다.

곧, 우리에게 바람이 붑니다.
기약 없는 고통 속에서도
반드시 우리에게 바람은 붑니다.
기약 없는 슬픔 속에서도
반드시 우리에게 바람은 붑니다.
결국엔 지나갔고 새로울 시작 그 어딘가에
당신의 발걸음을 옮겨 줄, 기적의 바람이 불어옵니다.

예전엔 몰랐지만
지금은 알게 된 것들

◇ 가면 갈수록 도태되는 것 같은 사람과의 관계는 잠시 쉬어 가는 것이 해법일 때가 많다. 예전에는 어떻게 해서든 개선하려고 아등바등 노력했다면, 지금은 거리를 두는 것이 어느 정도 지친 관계에 있어 치유에 쉽게 도달하는 방법인 것을 알게 되었다.

◇ 욱하는 감정에 관대해졌다. 누구나 욱하는 감정으로 사람을 대할 수 있다. 이젠, 기분에 휘둘린다고 해서 그것으로 사람 됨됨이를 평가하진 않는다. 하지만 어느 정도 기분을 가라앉힌 후 '사과' 하는 사람, '사과' 하지 않는 사람이 나뉜다. 상대방의 이러한 사후 태도가, 그 사람과 함께할지 떠나보낼지 결정짓게 한다. 좀 더 나아가서는 사과만으로 끝나고 '반성' 까진 가지 않는 사람과, 사과를 하며 '반성' 을 통해 그런 부정적인 일을 줄이는 사람이 있다. 여기선 그저 그런 지인과 놓치기 싫은 사람이 결정된다.

◇ 미움의 힘은 크다. 전혀 어울릴 거 같지 않은 사람들끼리 어느 순간 잘 지내는 것 같다 생각이 들면, 분명 같은 무언갈 싫어하고 있다. 물론 오래가진 못하는 경우도 많다. 하지만 짧은 순간만큼이라도 강한 유대가 생긴다. 어쩌면 사람이 사람과 어울리는 이유는 쌓인 미움 같은 감정을 배출하는 것에 있다는 생각이 들 정도.

◇ 예전에는 내가 가진 것을 뽐내기 바빴는데, 이젠 이대로 살면 누군가 알아주겠지 싶다. 무언갈 과하게 뽐내는 사람들을 보면 "대단하다.", "부럽다."보단 "저게 유일한 자랑거리구나."라는 생각에 연민 아닌 연민이 생기기도 한다. 정말 있는 사람들은 그 어떤 것을 뽐내기보다, 그 어떤 것을 자랑할 이유가 없어 자중하더라. 그러니까, 누군가에게 자랑일 법한 일이 아주 당연한 일상인 사람이더라. 그런 사람들은 구태여 자랑하지 않아도, 주변이 알아서 다 알아준다.

◇ 좀 어릴 땐 아프거나 슬픈 일이 있으면 남에게 먼저 알리면서 위로받기 급급했는데, 이젠 남에게 속마음을 선뜻 이야기하려 들지 않는다. 나의 약점을 먼저 꺼내는 순간, 그것이 또 다른 약점으로 다가올지 모르기 때문에.

◇ 행복의 전부는 무탈에 있다는 걸 새삼 느낀다. 하루 혹은 한 달 길게는 일 년. 나의 그 어느 기간을 '행복했다.' 정의하는 건 '행운이 깃든다.' 보다 '아무 일 없어 무탈하다.'에 가깝다. 아무 일도 일어나지 않고 흘러가는 게 가장 맘 편하다. 요즘은 내 인생에 무소식이 아주 희소식이다.

◇ 난 다 알고 있는데! 이럴 땐 이렇게 해야 맞는데! 넌 틀렸는데! 하는 오만한 생각을 접어 둔다. 내가 아는 게 전부가 아니며, 모르는 것 또한 많다는 사실을 잊지 않는다. 난 얼마큼 모르는 사람일까. 더 지난 후에, 왜 그땐 이걸 몰랐지? 라는 생각이 얼만큼이나 들까. 경험을 통해 알게 되는 것. 시간을 빌려 차차 성숙해지는 것. 닳고 닳아 가며 제법 유해지는 사고. 삶을 지속할수록 얻게 되는 장점 중 하나이다.

그대들의 목소리를 기억하진 못하지만

내가 아주 작고 하찮지만 소중하며
두 사람의 과실이자 보살핌이며
연약한 새끼손가락이자 자랑일 엄지손가락이었을 적에
그러니까 내가 막 뒤집기를 끝내고 네발로 기며
나아가 아장아장 걸어가다 넘어져서 울음이 새어 나오려 할 때
기억하지 못하지만 잊히지 않는 목소리가 있다.

"다시 일어설 수 있겠니, 아가야."

넘어지고 다시 일어날 때면 들려오는 목소리가 있었다.

"아주 잘하고 있어. 옳지. 옳지."

그때 그대들의 목소리를 기억하진 못하지만,
나 이렇게 잘 나아가고 있다.
이렇게 잘 커서 두 다리로 그대들을 업고서도 아장아장 힘차게 걸을 수 있다.

그때의 목소리 덕분에 말이다.

우리 모두는 미숙한 걸음마로부터 시작해서 여기까지 왔다. 그 작은 목소리가 그때의 나를 일으켜 지금의 내가 되었듯, 지금, 스스로에게 무던히 건넨 작은 응원은 어딘가의 나를 일으키고 어딘가의 나에게로 나를 견인할 것이다.

그때의 목소리를 잊지 않으며,

다시 일어설 수 있다고. 또 잘하고 있다고. 이대로만 나아가자고.

해피 엔딩

"행복하게 살았습니다."

어릴 적에 본 동화들은 대부분 해피 엔딩으로 끝난다지만, 지금 보니 다소 행복과는 거리가 먼 마무리가 아닐 수 없었다. 단지 "행복하게 살았습니다."라니. 그래서 과연 동화 속 주인공은 어떻게 행복하게 살았다는 걸까? 수차례의 고난 끝에 쟁취한 행복은 어떤 것이었을까? 막연히 떠오른다. 멋진 공주님, 왕자님을 만나 멋진 왕국에서 화려한 삶을 꾸렸다 정도. 동화를 보면 비운의 이야기가 99페이지고 나머지 1페이지 아니, 1페이지도 다 채우지 못한 몇 문단만으로 "행복하게 살았습니다." 하며 막을 내린다.

동화라는 환상에 가려진, 사람의 이중적인 마음이었다. 사람은 언제나 행복을 원하지만, 행복에 인색하게 살아간다. 복福 전엔 필연적으로 난難이 있어야 하고, 또 그렇게 얻은 행복만이 '값'있는 행복으로 인식된다. 진부한 주입식 행복론이 아닐 수 없다.

행복에 대한 생각의 전환은, 어느 정도 나의 삶을 더 자유롭게 만들어 줄 것이다. 우리는 고난 없이도 충분히 행복할 수 있다. 그러니까, 꼭 행복 전에 고난이 없어도 된다. 그 말은, 고난 뒤에 행복이 있어야 하는 것도 아니라는 뜻이다. 만약 고난 없이도 행복할 수 있다면, 그리고 고난 뒤에 행복을 바라지 않을 수 있다면 그것이 진짜 동화 같은 멋진 삶 아닐까. 그야말로 해피 엔딩이 아닐까.

고난 뒤에 오는 행복만이 값진 것도 아니니,
지금 당장의 행복에 충실할 것.
고난 뒤에 행복이 오지 않을 수도 있으니,
헛된 기대를 하고 실망하지 말 것.
행복과 고난의 인과 관계에 과하게 몰입하지 말 것.
99페이지의 고난과 1페이지의 행복을 잊어버리며 살아갈 것.

"행복하게 살았습니다."라는 해피 엔딩을 다짐할수록,
행복으로부터 멀어질 수 있다는 사실, 잊지 말고 살아갈 것.

아픈 기억이라는 늪

늪이 있습니다. 발을 헛디뎌 빠졌다고 상상해 보죠. 물론 구해 줄 누군가가 있다면 다행이겠습니다만, 없다고 가정해 봅시다. 당황스러움에 발버둥 칠 것입니다. 빠져나오려 허우적대면 댈수록 힘은 빠지고 몸은 경직되어 더 깊숙이 잠기게 될 겁니다. 사실 늪에서 제 스스로 빠져나오는 것 자체가 힘든 일이라고 합니다. 그게 이론적으로 불가능하다기보단, 쉽게 침착함을 잃기 때문이죠. 그러니 가장 현명한 대안은 최선을 다해 침착함을 유지하는 겁니다. 온전히 내 힘으로만은 나오기 힘드니 나의 힘을 가중시켜 줄 것을 잡아채 나를 끌어올리든가, 구해 줄 누군가가 나타날 때까지 괜한 힘쓰지 말고 버티는 것이 방법이겠죠.

늪과 아픈 기억은 동일한 성질을 지녔습니다. 아픈 기억은 늪과 같아서 빠져나가려고 할수록 나를 깊은 수렁에 빠뜨립니다. 살아 보겠다고 발버둥을 치지만 더 깊은 감정에 빠져 숨 못 쉬게 되겠죠. 물론 구원해 줄 누군가 있으면 좋겠지만, 나는 무엇으로부터 버림받아 혼자가 되었기 때문에 아픈 기억의 늪에 빠졌습니다. 현명한 대안은 오로지 차분해지기입니다. 기억을 꺼내 보며 허우적대지 말고, 잊으려는 발버둥으로 힘 빼지 말고. 차분하게 나를 지탱할 무언갈 찾고, 그것을 붙잡고 나갈 수 있도록, 감정을 비축하는 것이죠.

아픈 기억일수록 자주 생각납니다. 왜일까요? 그것이 정말 잊지 못할 정도로 뼈아파서라기보단, 아픈 기억일수록 잊으려고 노력하는 나의 발버둥 때문입니다. 냉정함을 잃어버렸습니다. 잊으려고 노력할수록 자연스럽게 그때의 기억이 떠오를 수밖에 없는데, 기억을 잊으려고 노력한다니요. 참 모순적인 일이 아닐 수 없습니다.

사람은 결국 망각하는 생물입니다. 언젠간 분명 덮어 버릴 수 있는 기억임을. 언젠가 나를 구원할 무언갈 찾게 될 것임을. 뻔한 말이지만 결국 시간이 해결해 줄 것입니다. 정확히는 그 시간 동안 힘을 비축하면 언젠가 나를 구원할 무언가를 찾게 될 것이고, 그 힘으로 나는 다시 온전했던 내 삶을 되찾을 겁니다.

열심히 살며 새로운 것들과 소중한 것들, 좋은 것들로

나의 마음을 채워 가도록 합니다. 비축하도록 합시다. 그렇게 자연스럽게 아픈 기억을 덮어 버리도록 합니다. 구태여 떠올리지 않고, 열심히 살아갑시다. 괜한 감정 쓰지 말고 버티고, 찾아내도록 합니다. 이미 알고 있겠지만, 그것만이 아픈 기억에 대처할 수 있는 현명한 방법이지 않을까 합니다.

마음처럼 쉽지 않더라도, 떠올리지 않으려 노력해 봐요 우리. 오늘도 아픈 기억으로부터 살아 내기 위해 무던히도 애썼습니다.

누군가의 빛이자
누군가의 바다인 당신에게

이렇게 의미 없이 살다가 죽으면 누가 나를 알아주고 아파해 줄까 생각하는 당신에게. 보잘것없는 나를 누가 좋아해 줄까 의심하는 당신에게. 제대로 하는 것 하나 없다며 자책하고 조급해하는 당신에게. 작은 것 하나 들지 못할 정도로 힘이 들어가지 않아 좌절하는 당신에게. 또 외면하고 싶은 것들이 세상에 널린 당신에게. 또 외면받기 싫어서 미움받을 짓을 서슴지 않는 당신에게. 지금처럼 살아 있는 것이 의미가 있을까, 고개 숙인 당신에게.

어느 저명한 문장처럼, 당신이 살고 있는 오늘은, 어제 죽은 누군가가 간절히 바라던 내일일 것이다. 부정에 대적하여 기필코 살아 내며, 삶의 파도를 심히 두려워 말 것. 누군가의 긍정이자 누군가의 걱정일 당신이기에. 부모의 바다이자 친구의 여행이자 연인의 빛일 당신이기에.

그런 상황 속에서도 좌절하지 않으며 무던히 발돋움을 할 때. 밑바닥이라 엎드려 울고 있다가도 숨 좀 쉬자며 구태여 발버둥 칠 때. 절망을 마주하지 않고 긴 동굴을 헤엄쳐 나아갈 때. 그렇게 당신에게 철저한 오한이자 미열이며 부스러기 같은 날들이 모여, 누군가 사랑스러운 당신이라 부르기도 한다는 것을 잊지 말 것. 자랑스러운 사람이라 여긴다는 것을 기억할 것.

그럼에도 두려움이나 무기력함에서 벗어날 수 없을 거 같은 날엔 기억할 것. 여기, 당신을 모르는 사람이 당신을 애타게 응원하고 있다.

누군가에게 빛이자 바다인 당신이기에. 또 누군가의 미래이자 기억하고 싶은 과거일 당신이기에. 삶은 누구도 대신 살아 줄 수 없기에, 철저히 당신이 살아 내기를 바라며. 이 책을 읽는 이들이 꼭 스스로의 자랑이 되기를 바라며.

2부

잘했고 잘하고 있고 잘될 것이다

함께했고 함께하고 있고 함께일 것이다

이미 시든 관계를

애써 붙잡지 말고.

잘 자라고 있는 관계를

힘써 망치지도 말 것.

관계는 식물과 같아서

관계는 식물과 같아서 관심을 주면 무럭무럭 자라고, 관심을 주지 않으면 어느새 시든다. 사람과 사람 간의 마음은 제 스스로 자라는 법 없고, 제 스스로 시드는 법 없다. 미운 마음을 준 것도 적절치 못한 관심을 준 것이고, 관심을 주지 않는 것 또한 무관심을 건네준 것이다. 그러니 관계는 늘 관심이거나 무관심이거나 무언갈 주고받는 일이다. 그러한 무수한 통행 속에서 관심을 애타게 건네었는데도 자라나지 않는다면 뿌리까지 썩은 관계일 것이고, 조금 주었는데도 놀랄 만큼 자라나 준다면 조그만 마음조차 몇 배로 알아봐 주는, 놓치지 말아야 할 사람인 것이다.

그러니 정해진 답에 혼자 끙끙 앓지 말 것. 괜한 아쉬움으로, 뿌리까지 썩은 관계에 관심을 쏟지 말 것. 적은 관심을 주어 놓고 괜한 핑계를 일삼으며, 다른 무언갈 탓하지 말 것. 이미 예상된 결말을 애써 부정하며 붙잡지 말 것.

잘 자라나고 있는 관계를 힘써 부정하여 망치지도 말 것. 인간관계만큼이나 분명하며 극명한 것이 없음을 잊지 말고 살아갈 것. 관계는 식물과 같아서, 가장 적정한 시기와 온도에 맞게 필요한 만큼만 건네주어야 와닿을 수 있음을 기억하고 살아갈 것.

사람은 변하지 않더라도
사이는 변하기 마련

알고 지내던 지인에게 몇 년 만에 연락이 왔던 적이 있다. 잘 지내느냐더니 사정을 말하며 부탁을 하기 시작했고, 나는 거절했다. 그럼에도 부탁은 계속되었고, 완강히 거절하니 돌아오는 말은 '너 변했다.'였다. 그 이후로는 상식이 통하지 않는 대화가 오갔다.

어떻게 사람이 그리 한순간에 변할 수 있겠는가? 인생을 살며 긴 세월이 흘렀다 해도 완전 딴사람처럼 변하는 사람, 쉽게 본 적 없다. 사람이 가진 고유의 어투와 온도와 관계관은 웬만해선 쉽게 변하지 않는다. 변했다 자부하더라도 그러길 지향하는 다짐일 뿐, 대부분의 본성은 그대로이다. 그러니, '너 변했다.'는 말은 진짜 너와 나 두 독립된 객체로서의 성향이나 성격이 변한 게 아닌, 너와 나 사이에 끼어 있는 이어짐이라는 성질의 형태가 변했다는 것을 말해 주는 거다. 그것이 아니라면 우린 서로에 대해 아주 오해를 하고 살았을 뿐인 것이다.

변했다는 말에 굳이 반박은 하지 않고 서둘러 대화를 마무리 지었다. 그러니까, 에둘러 설명해 가며 이러니저러니 에너지를 소비할 정도의 사이가 아니게 되었다. 우린 언제부터 딱 그 정도.

사람보단 사이가 변한다. 지나가는 세월에 따라 시시각각. 내가 냉정하게 변한 게 아니라, 우린 그냥 그렇게 거절하고 끝내는 게 편한 사이로 변했을 뿐이었다. 지나가는 세월에 못 이겨, 자연스럽게.

영원한 관계는 없다

가장 친했던 친구와 내가 뜸해지면서, 그 친구의 가장 친한 친구가 바뀌게 된다.

나와는 뜸했던 친구를 자주 만나게 되면서, 나에게 가장 친한 친구 또한 바뀌게 된다.

가장 사랑했던 사람이 한순간 남이 되고

가장 남이었던 사람이 한순간 숨을 나누는 사이가 된다.

어쩌면 아주 당연한 이치. 인정하고 살면 편한 사실.

영원한 관계는 없고, 영원한 사랑도 없으며, 영원한 사람도 없다.

나 자신을 지키기 위한 인간 관계관

미움에 이유를 찾아다니지 말 것

나 싫다는 사람은 최대한 신경 끄고, 나 좋다는 사람을 신경 쓰고 살아갈 것. 나에게 오는 숱한 미움에 대하여 일일이 이유를 찾고 헤매지 말 것. 나를 별로라고 생각한 사람은 어떠한 이유를 만들어서라도 나를 싫어할 것이고, 나를 지지하는 소중한 사람은 어떠한 이유를 만들어서라도 나를 응원할 것이다. 그러니 언제 개선될지도 모를 관계를 오래 붙잡고 끙끙 앓지 말고, 지금 내 앞의 소중한 관계는 있는 힘껏 붙잡아 둘 것.

함부로 보여 주지 말 것

나의 약점을 보여 주는 순간, 그 사람이 세상에서 나를 가장 힘들게 하는 사람이 될 수 있다. 내 치부를 보여 주는 건 정말 주위 손꼽을 몇 사람이면 충분하다. 감정에 휘둘려 먼저 마음을 다 보여 주고 다치지 말자. 이용하는 사람도 잘못이지만, 서슴없이 꺼내 보여 준 나의 실수도 분명히 존재한다.

지난 관계에 대하여 후회와 자책만을 하지 말 것

모든 관계를 무용하게 만드는 것은, 남은 건 상처뿐이라고 스스로 관계의 쓸모를 부정하는 것에서 비롯된다. 배움, 깨달음, 기억 등으로 모든 관계는 뚜렷이 보이지 않지만 분명히 존재하는 성장을 이룩한다. 배신과 상처를 당했다면 배움을, 성숙한 사람을 만났다면 깨달음을, 좋은 사람을 만났다면 소중한 기억을 얻게 될 것이다. 많은 형태와 온도의 긍정이 사람과 사람 사이엔 덕지덕지 붙어 있다. 수많은 이어짐 속에서 후회와 자책 속에 자신을 가둬두지 않아야 한다.

마음은 빌려주는 것이 아니다

마음에는 이자가 없다. 내가 준 것 그 이상을 받을 거란 생각을 품으면, 나의 마음만 공허해진다. 줄 거면 그 이상 되돌려 받을 요량은 버리고 원 없이 건네줄 것. 주고 싶은 마음은 나만의 욕심이니, 그 욕심을 쏟아 내고 대가를 바라는 것만큼 이기심 넘치는 행동이 없다는 것을 잊지 말 것. 누군갈 향한 마음 또한 나의 결핍에서 비롯된 것이지 봉사나 희생의 영역이 아님을 기억할 것.

사회에서의 관계는 대가가 따르기 마련

나를 대하는 태도가 갑작스럽게 변했다면, 나에게 이득을 취하기 위해 변한 척하는 건 아닌지 주의를 기울이는 편이다. 특히 사회에서의 관계는, 대가 없는 관계가 드물다는 것을 늘 잊지 않는다. 선의가 있다면, 받은 선의만큼 후에 희생이 요구된다는 것을 늘 기억하며 주고받을 것. 무조건적인 마음은 불가능하리만큼 드물고, 세상엔 마음이 둥글어 모서리가 없는 이들을 이용하려는 사람들로 가득하니.

끝난 관계는 양쪽에게 구멍으로 다가온다

질긴 인연에 끝이 보일 때, 노력한 사람이 감당해야 하는 것은 슬픔이고, 덜 노력한 사람이 가져가게 되는 것은 아쉬움과 후회라는 것을 이해해야 한다. 이러한 사람과 사람 사이에 작용하는 메커니즘을 통해 결국 헤어짐 앞에서 누구 하나 아무렇지 않은 사람이 없음을 깨닫게 된다. 겪게 되는 시기와 정도의 차이일 뿐. 함께일 때 일어난 양성을 띤 채워짐은 헤어짐으로 인해 그만큼 음성을 띤 형태로 마음에 구멍을 남긴다. 그러니 어떤 시간과 시기를 만나 문득 허한 느낌을 받는 것이다. 상대도 나도, 아무렇지 않은 사람은 없다.

상대가 용서할 수 없는
실수를 했다면 놓아줘라.

어차피 그 잘못,
다시 반복될 것이다.

감정 소모하지 않는 현명한 방법

먼저 다 주고 진심이 안 통한다면서 혼자 아파하고 미워하지 말 것

건넨 마음이 진심인지 아닌지 받아들이는 것은 받는 이의 몫이지, 주는 이가 정하는 게 아니다. 애타는 진심을 보냈지만, 흡수되지 못하고 흘려보내지는 관계에 속해 있다면, 마음을 받아 주지 못할 상대란 걸 너무 늦게 알아 버린 내 불찰도 한몫할 것이다. 이 사실을 이해하더라도, 속상하다면 기억할 것이 있다. 이러한 일련의 과정을 통해 '내 마음을 진심으로 봐 줄 사람'을 알아볼 눈이 생긴다는 것이다.

뒷말은 사람의 본성일 뿐이다

당사자가 당장 눈앞에 없다면, 피를 나눈 가족이라도 허물을 꺼내 이야기하는 게 사람이다. 뒷말을 한다 해서 상대를 진심으로 싫어하는 건 아닐 수 있다. 사사로운 말들에 실망한다느니 배신감을 느낀다느니 하면서 미움을 안고 살면, 숱한 관계에 있어 가장 피곤하게 사는 사람 중 한 명이 될 것이다. 빈도와 정도가 심한 게 아니라면 그러려니 하자. 뒷말은 사람이 가진 본성일 뿐, 악의적이지 않을 때가 있음을 기억할 것.

숨은 구석을 존중해 주는 것

좋아하는 사람이라서, 사랑하는 사람이라서 그 사람의 표면보다 깊은 이면이 궁금하더라도 집착적으로 파헤치려 하지 말 것. 꼭 연인 관계에서만 해당하는 일은 아니다. 사람은 누구에게나 숨기고 싶은 취향이 있고, 과거가 있다. 자신만 이해하는 뒷면이 있고 어두운 표정이 있다. 선뜻 꺼내지 않는 것들을 억지로 들쑤시고 확인하며 실망하는 것의 연속이라면 삶에서 원만히 사귈 사람, 단 한 명도 없다. 깊이 알아 가는 것과 파헤치는 것은 엄연히 다른 의미이다. 자연스럽게 깊어지는 미덕을 지향하고, 억지로 파헤쳐 망가뜨리는 습관은 지양하는 것이 옳다.

사람은 고쳐 쓰는 게 아니다

한 사람을 믿고 함께하는 것은 상대와 나에게 큰 행복이며 귀한 일이지만, 한편으론 상대를 변화시켜 함께하려는 것은 아주 그릇된 방향이며 오만한 생각에 불과하다. 사람의 본성은 내 마음대로 고칠 수 없고, 고쳐 쓸 수도 없다. 상대가 소중하다면 고치려고 안간힘 쓰기보다, 단점을 눈

감아 주려고 노력할 것. 가진 장점을 귀히 여겨 주고 감싸안아 줄 것. 혹여 상대의 용납할 수 없는 단점이 보이거나 용서할 수 없는 실수를 했다면 안타깝지만 놓아줘라. 어차피 그 잘못, 다시 반복될 것이다.

잠 못 이루는 당신에게

유독 잠이 오지 않는 날이 있다. 많은 고민과 망상이 가득해서 정신이 쉽게 쉬지 못하는 날. 일어나지 않을 기대이거나, 꿈에서조차 나를 뒤흔드는 위태로움이거나. 가지지 못한 것에 대한 아쉬움이거나, 붙잡고 놓아주지 못했던 것들을 향한 미련이거나 하는 것들로 인하여.

과연 이 중에 당신과 나는 무슨 생각으로 가득 차서 새벽을 지새우고 있을까. 걱정하고 고심하며 잠 못 이루는 사람들이 이렇게나 가득하니 새벽이 소란스러울 수밖에. 잠 못 이룰 수밖에.

창밖의 소음이 꼭 남 일 같지만은 않은 우리에게. 또는 나, 당신에게 말하고 싶다.

그렇게 애타게 힘썼음에도 결국 잡히지 않아 놓아주었다면 그것은 원래 내 몫이 아니었던 것일 뿐이다. 무언가에 홀린 듯 끌리고 힘겨워하고 있다면, 그만큼의 마땅한 아름다움을 위해 정진하고 있는 것이다. 힘줄이 끊길 정도가 되었으나, 아직 놓지 못한다면 그것은 그만큼 아플 가치가 있을 것이다. 마지막이 아쉬움을 넘어 후회로만 되돌아오는 일이라면, 함께할수록 나를 망가뜨렸을 일임이 분명한 것이다.

스스로 말해 주는 것이다.

당신과 내가 지새운 새벽이 지나면 햇살이 드리울 것임을. 우리는 늘 상상하고 기대하며 기다리는 자신의 삶에게 아주 다정한 사람들이니 이 힘씀과 끌림과 애탐과 후회 모두 잘 살고 있는 것이라, 새벽을 빌려 말해 주고 싶다.

기분이 태도가 되는 사람

기분이 태도가 되는 사람을 피하라는 건
그 사람 성격이 유독 더러워서가 아니다.
그 사람에게 내가 유독 쉬운 사람이라 피하라는 것이다.
사람은 누구나 가끔씩 기분이 태도가 되는 실수를 범하지만,
유독 쉽게 생각하는 사람에게는 잦은 빈도로 그렇게 된다.
성격이 유독 별로인 사람이기보다
나에게만 유독 별로인 사람이기 때문에 피해야 한다.
어쩌면 나에겐, 본성이 나쁜 사람보다
나에게만 나빠지는 사람이 더 별로인 것이다.
걔 안 그렇던데? 이런 말에 혹해 여지를 주지 말자.
원래 나쁜 것보다 나에게만 나쁜 게 더 악질인 거다.

사람의 진가

사람의 진가는 힘들 때보다 행복할 때 나온다.

꾀죄죄할 때보다 여유로울 때 나온다.

어려울 때의 겸손과 배려는 처지로부터 나오는 법이지만 그렇지 않을 때의 겸손과 배려는 마음에서부터 나오는 것이기에.

내 주변 사람의 진가 또한 내가 힘들 때보다도, 행복할 때 구분된다. 동정 어린 응원은 누구나 할 수 있어도, 진심 어린 축하는 누구나 할 수 없기 때문에.

다신 마주치고 싶지 않은 사람

편해지면 태도가 변하는 사람

친하지 않을 때야 정상적인 사고를 지닌 사람이라 생각했지만, 조금 편해지면 사람 머리 위 꼭대기까지 올라서서 하대하듯 내리깔고 보는 사람이 있다. 지극히 강한 사람에게 약하고 약한 사람에게 강한 성향을 가진 사람이다. 관계에서의 편안함을 빌미로 하대하는 이는 어쩔 수 없이 겪어 내야 하는 직장 상사나 윗사람 몇 명이면 충분하다. 동등해야 마땅한 사이에서까지 막 대하는 관계는 다신 곁에 두고 싶지 않다.

술 마시면 심하게 추태를 부리는 사람

흔히 술 마시면 개가 된다거나 하는 부류. 기분 좋게 취하는 정도를 넘어서 긴장이 풀린 상태가 그 사람의 진짜 면모라는 생각을 한다. 그러므로 과격해지거나 심하게 통제가 안 되는 사람은 그 본연이 과격하거나 통제 불능임을 전제하게 된다. 특히나 성인이 되어서 즐길 거리 중 대부분이 술자리에 맞춰져 있는 현실에서, 술만 먹으면 피곤하게 하는 사람과 엮이면 같이 있는 시간이 너무 힘겨워지더라.

불리해지면 모르쇠가 되는 사람

그랬었나? 언제지? 기억이 안 나는데? 따위의 말로 했던 말이나 약속을 어기고 철회하는 사람이 있다. 누군 귀찮지 않고 힘들지 않아서 해 주고, 참아 주고, 들어주고, 어기지 않는 게 아닌데. 꼭 불리한 상황만 되면 모르쇠가 되는 사람. 꼭 거짓말을 해도 기억 안 난다는 식으로 얼버무리는 사람. 한두 번이야 그렇다 치더라도 습관처럼 모르는 척하는 사람과는 평생 모르고 지내고 싶다는 생각이 굴뚝같이 드는 요즘이다.

폭력을 행사하는 사람

꼭 실제 폭력을 행사하진 않았더라도, 과격하게 때리는 시늉이라도 하는 사람, 특히나 분노 조절이 잘 안 되어 보이는 사람은 여지없이 걸러야 한다. 그것도 일종의 폭력이다. 어떤 가정 환경에서 자랐는진 모르지만, 선천적이든 후천적이든 어떠한 사정이 있든 정당화될 수 없다. 곁에 두면 언젠가 그 폭력에 내가 엮이게 될 것이 뻔하다. 이번 한 번만, 한 번만 참아 주고 기회를 주었다가 큰 화를 당하게 될 것이다.

모든 것이 자신의 위주로 돌아가는 사람

결정의 기준이 오롯이 자신의 이득을 향해 있는 사람. 그 정도가 심한 사람을 대개 소시오패스라고 부른다. 약속 시간, 장소, 먹을 것 같은 일상 속 일, 연애, 금전적인 부분 등 남의 환경은 이해조차 할 생각이 없는 사람. 세상의 중심이 자신이고, 그게 아니라면 기분이 금방 토라진다. 때문에 무엇이 그의 심기를 건드렸는지 일반인으로서는 이해가 불가한 것이 많다. 의도적이건 무의식적이건 함께하면 내가 피곤해지고 손해를 보게 된다.

앞에서 웃고 뒤에서 칼 꽂으려는 사람

싫어하는 사람의 뒷담을 한다거나, 어느 정도 포장과 거짓말을 한다는 일반적인 개념을 넘어선 사람들이 있다. 사람은 누구나 누군가에 대한 열등감이 있고, 미움이 있고, 과시욕이 있기 때문에 이해 가능한 선에서는 그럭저럭 넘어가지만, 대부분의 사람에게 앞에선 웃어 주고 뒤돌아서면 표정 싹 변하는 사람들이 있다. 자신의 말과 거짓이 누군가에게 큰 상처가 됨을 인지하지 못하고 누군가를 욕하고 조종하고 속이는 것에 중독되어 있는 사람. 내 앞에서는 웃고 있지만, 나도 어딘가에서 그의 희생양이 될 게 뻔하다.

지금 함께하는 사람이 나의 미래입니다

어떤 시간이 귀중했느냐 귀중하지 않았느냐를 결정짓는 건 내가 어떤 사람과 함께했느냐에 따라 나뉘게 됩니다. 사람은 사회적인 동물이니만큼, 나는 어쩔 수 없이 곁에 있는 사람들의 영향을 받으며 성장합니다. 그리고 우리의 미래는 지금껏 어떤 가치가 있는 시간을 보냈느냐에 따라 결정될 것입니다.

곧, 지금 곁에 있는 사람이 나의 미래입니다. 함께하는 이들과의 긍정과 다정과 주고받음, 함께하는 모든 일이 곧 나의 미래가 됩니다.

과거였고, 현재이지만, 곧 미래가 되겠지요. 아주 기대되기도, 아주 긴장되기도 하는 사실입니다. 함께한 사람들과의 시간이 모여 나의 앞일들이 펼쳐진다니요. 지금껏 나는 홀로 무언갈 해 오고 쌓아 온 것 같지만, 결국 다 곁에 있는 누군가와 얽혀 배웠으며 견인해 왔고 앞으로도 그럴 예정일 것입니다.

그렇다면 과연 나에게 좋은 미래를 선사해 주는 사람은 어떤 사람일까요. 지식이 풍부한 사람이라고 한들, 고매한 성품을 지닌 사람이라고 한들, 또 많은 시간을 함께한다고 한들. 나에게 가치가 있는 것은 아닐 수 있습니다. 하지만 우리는 종종 '함께한 시간'이나 '누군가의 평가' 정도의 일차원적인 영향에 휘둘려 관계를 이어 가기 급급합니다. 중요한 건 나와 비슷한 결의 사람에게서는 동질의 긍정을, 또 나와는 사뭇 다른 사람에게서는 차이에서 오는 긍정을 깨닫는 것입니다. 다른 것과 틀린 것의 차이, 그리고 부정적인 면과 긍정적인 면 사이에서 나와의 성장을 도모할 수 있는 사람을 곁에 둠이 옳겠습니다.

그러니 곁에 지속적으로 부정적인 감정을 풍기는 사람이 있다면, 멀리하도록 합니다. 오랜 시간 함께해도, 시간이 고쳐 주질 않습니다. 여러 면에서 평가가 좋다 하더라도 나에겐 독이 될 사람입니다. 사람은 고쳐 쓸 수 없으니 괜히 시간 들여 믿어 주면 나의 미래를 부정적으로 만들고 말 것입니다.

또 곁에 지속적으로 긍정적인 감정을 심어 주는 사람이 있다면, 익숙함에 지지 않도록 합니다. 함께일 때에 가치를 느끼게 해 준 이들과의 시간을 지겹다는 이유로 멀리하지 않도록 나에게 긴장을 주어야겠습니다.

나의 지금을 망치는 사람은 나의 미래를 망치고, 나의 지금을 가치 있게 만들어 주는 사람은 나의 미래를 가치 있게 만들어 줍니다. 오늘 당신이 누구 때문에 힘들거나 행복하다면 딱히 대단하거나 무거운 일이 아닐 수 있습니다. 하지만 그 하루가 모여 나의 미래가 결정될 것이란 걸 생각해 보면 지금 함께하는 이들의 존재가 무겁지 않을 이유, 전혀 없습니다.

지금 나와 함께하는 사람이, 곧 나의 미래입니다.

잊지 않고 살아가기로 합니다.

표현을 예쁘게 한다

일상 속 대화뿐 아니라 서로 간의 이해가 틀어져 서운함을 말할 때도 그 표현법이 선을 넘지 않는다. 언제까지고 서로 이해와 관용만을 베풀 수 없는 관계에서 표현의 중요성을 알고 있다. '아' 다르고 '어' 다르다고, 다정하고 담백한 어감과 어투가 주는 힘은 오랜 관계 유지의 원동력이 된다. 잘 정리하고 정제된 문장은 주고받는 이로 하여금 너른 마음을 품게 만드는 것이다.

경청의 중요성을 알고 있다

최적의 대화법은 경청이다. 대화가 통해야 상대와의 일상을 꾸릴 수 있는 것인데, 상대의 말을 끊고 자신의 주장을 펼치거나, 상대의 말에 집중하지 않는 행동을 보이는 이와의 대화는 금방 맥이 끊기기 마련이다. 오랜 관계를 지속하는 이들은 그만큼이나 관계에서 경청의 중요성을 알고 있다. 화법의 중요성만큼이나 듣는 태도가 중요하다는 것. 잘 듣고 공감해 주는 것이야말로, 함께하는 이에게 대체할 수 없는 치유이며 응원인 셈이다.

의외로 약속에 얽매이지 않는다

물론 관계에서 '약속을 지키는 것'만큼 중요한 건 없지만, 자신에게 큰 피해가 가지 않는 선에서의 어김은 충분히 관용을 베푼다. 또한 어느 정도 피해가 있는 어김의 경우, 약속이라는 규율보다도 피해의 정도에 따라 서운함을 표시하고 대처한다. 약속에 얽매이는 동안 소모되는 감정이 너무나도 크다. 사소한 어김은 어느 정도 눈감아 주는 관계에서는 스트레스가 현저히 줄어들고, 그만큼 다른 곳에 긍정적으로 나의 감정을 소비할 수 있다.

다름을 인정한다

저 사람은 나와 다르다. 어떤 논점에 있어 틀리고 다르고의 문제가 아니라 나도 상대가 아니고 상대도 내가 아니기 때문에 근본 자체가 다르다는 것을 마음 깊이 인정하고 살아간다. 그런 사람들은 논쟁의 순간이 오면 적당히 의견을 피력하고 뒤로 물러선다. 결과론적으로 이해관계가 좁혀지지 않는 상대와 사사건건 논쟁하며 스트레스받는 대화는 득이 하나도 없다는 것을 알고 있다. 한 발짝 먼저 물러선 이후엔 상대가 미안한 마음을 가지게 만들기도 하며, 결국 자신의 의견대로 대화가 흘러가게 만들기까지도 한다. 스트레스는 덜고, 인정받는 상황을 만드는 현명한 처세이다.

거절 의사 표현이 정확하다

부탁을 거절했을 때의 껄끄러움이 싫어 거절을 하지 않는다거나, 상대가 포기할 때까지 애매모호하게 미룬다거나 하는 경우가 적다. 거절하지 못하는 상황의 연속은 나와 상대를 동시에 지치게 함을 알고 있다. 물론 거절을 했을 때 상대가 크게 서운할 일은, 스스로가 판단하여 손해를 보더라도 행해 주는 다정한 사람들이다. 다소 냉정하게 보이더라도, 그 사람이 내 사람이라 생각하기 때문에 가능한 일.

나와 네가 아닌 우리와 문제의 일

서로 다른 입장으로 생기는 일들을 직면했을 때, 너와 나의 대결 구도가 아닌 우리와 문제의 대결로서 해결법을 찾는 사고를 지닌 사람들이 있다. 사람과 사람 사이에 법적으로 옳고 그름을 따져야 하거나 도의적으로 아주 어긋나는 수준이 아닌 일들은 둘 사이에서 문제를 찾기보다 둘이 하나가 되어 파훼법을 찾아가려는 이들의 관계는 쉽게 녹슬지 않는다. 이해관계가 얽히고 얼어붙어 부숴 나가야 할 일을 마주칠 때 외려 하나가 되어 강력한 유대가 생기기도 하므로. 자잘한 방해물 따윈 손쉽게 헤쳐 나가는 아주 굳건한 쇄빙선처럼, 강하면서도 든든한 사이가 된다.

할 거면 제대로

우리 엄만 세상에서 가장 덕 없는 행동이 베풀어 놓고 생색내는 거라고 했다. 그건 덕이 아니라 악덕이라고. 그럴 바에 베풀지를 말아야 한다고.

"빌려줄 마음이라면 줄 것처럼 빌려주고, 베풀 거면 영영 모른 척할 것처럼 베풀어야 한다. 주고도 욕먹을 짓 하지 말고, 받고도 욕먹을 짓 하지 마라. 그럴 바에 주고받지 마라. 양보할 거면 끝까지 양보하고, 내어 줄 거라면 충분히 내어 주어라. 받을 마음이 있더라도 돌려줄 재간이 없는 상태에선 받지 말고, 줄 마음이 있다면 없는 상태에서도 아까워하지 말아야 한다."

주는 것이든 받는 것이든 할 거면 제대로 해야 탈이 없다는 것.

여기 거절당할 용기가 있는 사람과 사이가 두텁기에 거절한 사람이 있습니다

여기, 중요한 자리가 있어 급하게 차가 필요한 사람이 있습니다. 렌터카는 특정 번호판이 붙기 때문에 렌트할 생각은 없어 보입니다. 렌트할 비용에 성의를 더 얹어 친한 지인에게 빌려 볼까 합니다. 물론 기름까지 가득 채워서 돌려주고요. 평소 남에게 폐를 끼치기 싫어하는 성격이라 이런 부탁 잘 안 하는 사람인데, 애타게 필요한 상황인 것 같습니다. 예전부터 서로의 신뢰가 두터워 몇 번의 금전 거래도 잘 마무리했던 지인에게 연락을 합니다.

그 친구에게 전화를 겁니다.

친구가 전화를 받았습니다.

용기 내서 차를 빌려야 하는 자초지종을 이야기합니다.

잠시의 정적이 있고, 조금만 생각해 보고 연락을 주겠다는 답이 옵니다.

여기, 오랜 목표였던 자가용을 구입한 지 얼마 되지 않은 사람이 있습니다. 남들 보기에 대단한 차는 아니라도 첫 차라는 생각에 반려동물 못지않은 애정을 쏟고 있습니다. 어느 날 친한 지인에게 전화가 옵니다. 차를 빌려줄 수 있냐는 부탁이었습니다. 물론, 빌리는 값을 지불하고 기름까지 가득 채워서 안전 운전하겠다는 말을 합니다. 평소에 생각해 보지 못한 부탁이라 고민을 해 볼 필요가 있었습니다. 부탁한 친구에게 조금의 시간이 필요하다 전하고 생각을 해 봅니다.

먼저, 돈과 기름은 문제가 아닌 거 같습니다. 선을 확실히 지키는 성격의 그는 혹시 발생할 일들이 염려됩니다. 평소에 신용이 두터웠던 사이라, 돈은 받지 않겠단 생각으로도 빌려줄 수 있지만 차는 좀 예외인 것 같습니다. 이미 자신에게 값을 매길 수 없이 소중해진 데다, 사고는 운전자가 조심한다고 해서 나지 않는 게 아닙니다. 차 안이 더러워지는 것도 걱정됩니다. 이 값을 떠나, 없어져도 된다는 생각으로 선뜻 차를 빌려주기엔 너무 특별합니다. 빌려준 후에도 내가 까탈스럽게 굴 것들이 많은 거 같습니다. 또 이번만이 아닌, 필요할 때마다 요청을 할 것 같고, 그때마다 같은 염려를 하게 될 거 같습니다.

그는 계산이 끝났습니다.

차를 빌려 달라 부탁한 친한 지인에게 전화를 겁니다.

친구가 전화를 받습니다.

용기 내서 이야기합니다. 차는 좀 어렵겠다고. 다른 방법을 생각해 보겠다고 말이죠.

아무리 친한 사이라도, 피를 나눈 가족이더라도 부탁과 거절은 아주 예민한 작업입니다. 아니, 오히려 두터운 사이일수록 부탁하는 사람도, 거절하는 사람도 서로가 조심스러운 동시에 용기를 내야 합니다.

부탁한 친구는 이 이상 물어보면 민폐라고 생각했는지, 무슨 뜻인지 알겠다는 표현과 함께 마음을 접습니다.

그리곤 괜히 미안해할까,

조만간 커필 마시잔 말을 더합니다.

그러자 무슨 커피냐며

조만간 술 한잔 사겠단 답이 돌아옵니다.

이젠 부탁과 거절로 인한 분위기가 아주 풀려

서로 장난을 건넵니다.

섭섭한데 첫 차니까 봐주겠단

장난스러운 대화가 오갑니다.

그 뒤엔 주변에 알아봐 주면 고맙겠단

다른 부탁이 들려옵니다.

뭐, 이런 부탁은 얼마든지 들어줄 수 있는 친구입니다. 성심성의껏 주변에서 알아봐 주기로 마음먹습니다.

부탁을 하는 것에도, 거절을 하는 것에도 용기가 필요합니다. 무언가 빌려줄 때는 줘도 아깝지 않은 만큼만 빌려주고, 없어도 된다는 생각으로 빌려주라는 말이 있습니다. 이와 반대로 무언가 부탁할 때는 거절당해도 상대를 이해할 수 있는 마음을 가지고 부탁해야 합니다. 거절당할 용기 없이 부탁할 용기만 있다면 사이가 어긋나기 일쑤입니다.

간혹, 어떤 부탁에 대해 거절하면 매정한 사람으로 보고 블랙리스트에 올려 놓는 사람들이 있습니다. 그리고 주변인에게는 그가 변했다며 소문을 퍼뜨리기도 합니다. 거절당한 사람의 섭섭함은 알겠지만, 과정과 결과 둘 다 잘못된 거겠죠. 아무리 서운하더라도 자신이 부탁을 한 용기만큼이나 거절한 상대에게도 용기가 필요했다는 사실을 모르고 있던 겁니다. 거절로 인해 상대를 나쁘게만 본다면, 오히려 거절당할 용기가 없는 자신의 잘못일 수 있겠습니다.

부탁을 거절했다고 해서, 그 사람이 매정한 게 아닙니다. 변한 것도 아닙니다. 오히려 다정하기에 당신의 부탁에 고민하고, 변함없기 위해 거절할 용기를 낼 수 있습니다. 거절당했다고 소중하지 않은 것이 아닙니다. 또 신뢰가 없는 것도 아닙니다. 소중하기에 지키려는 것이고, 사소한 거절로 금이 갈 리 없는 관계라고 당신을 믿고 있는 것이겠지요.

"부탁과 거절을 행함에 용기가 필요한 것처럼, 그것을 받아들이는 것에도 상당한 용기가 필요합니다."

말을 해야
상대가 알아줍니다

병원에 진료를 받으러 가면 "어디가 아파서 오셨어요?" 물어봅니다. 그럼 진료를 받으러 간 환자는 답합니다. "~가 아파서 왔어요." 하지만 그것만으론 부족했는지 덧붙여 이야기하기가 대부분입니다.

"어디가 아파서 왔는데요. 어떤 때에는 어떻고 저런 때에는 저렇고요. 얼마나 되었고요, 무엇이 걱정돼서요. 그리고 이상한 게요…."

의사 선생님의 진료를 받고 검사를 하면 다 나올 것을 구구절절 설명합니다. 상대는 전문가인 만큼 대충 들어도 아는 그 케이스에 대해 고개를 끄덕이며 능숙하게 진료를 해 줄 겁니다.

사실 이 짧은 대화에서 첫마디 "어디가 아파서 오셨어요?"는 "어서 오세요."를 대신하는 인사일 뿐입니다. 병원에 갔는데 "어서 오세요."라고 하기엔… "당신이 아프길 기다렸어요!" 정도의 우스꽝스러운 뉘앙스를 풍길 것이기에,

어디가 아픈지 묻는 게 더 자연스러운 인사겠죠.

그러니까 우리는 “어디가 아파서 오셨어요?” 묻는 인사가 없더라도, 자리에 앉아 스스로 어디가 아픈지 설명할 겁니다. 그 누구도 병원에 들어가서 멍하니 앉아 먼저 말을 걸어 주길 바라지는 않습니다. 그렇다고 무턱대고 “나 아프니까 알아서 치료해 주세요!”라고 말하며 대충 진료를 받지도 않습니다. 제 스스로 불편한 곳을 말하고, 그것도 모자라 나의 주변 상황까지 철저히 설명해 원인을 명확히 짚어 주길 바라며, 치료받길 원하고 있죠.

불편한 마음이 오고 가는 대화도 이와 같아야 한다고 생각합니다. 몸이 불편할 때 어디에 문제가 있는지, 어떤 상황에서 심해지거나 더 힘든지 자세히 설명하는 것처럼 꺼림칙한 마음에도 똑같이 대처해야 합니다. 둘 사이로 인해 아파하는 마음을 고쳐 보려고 상대와 이야기한다면 말이죠. 더군다나 상대는, 의사 선생님처럼 전문가도 아닐 테니 더 자세히, 오랜 시간 이야기해야죠.

어떤 감정을 풀어 보려고 하는데, 상대가 먼저 마음을 꺼내기까지 무작정 기다리거나, 나 불편하니까 어서 되돌려 놓으라는 식의 방법은 오해에 오해만 더할 것입니다. 물론, 상대에게 전문적으로 치료를 받는 입장은 아니지만 무언가 응어리진 마음이 있고 그것을 설명해서 해결해야 한다는 점에서 몸의 치료와 마음의 치료는 같은 결일 테니까요.

되돌아보면 지금껏 막무가내일 때가 많았을 겁니다. 전혀 당치 않은 방법이었습니다. 말은 하지도 않고 알아주길 바라거나, 빙빙 돌려서 말해 놓고 못 알아듣는 상대가 밉고, 막무가내로 서운했다 말하며 이해를 강요하는 방식 말입니다.

다시, 우리 앞에 있는 소중한 누군가는 심리 전문가가 아니란 걸 기억하기로 합니다. 심리 전문가라도, 그렇게 말해선 아무것도 해결해 주지 못할 거란 생각이 듭니다. 우리는 언제까지고 감정에 대해, 관계에 대해, 마음에 대해 서툰 사람들입니다. 그런 만큼 서운함은 잠시 접어 두고, 감정의 폭을 조금 줄이고, 호흡을 가다듬어 나의 마음을 전달해야 서로가 올바른 진료를 할 수 있습니다. 서로에 대한 올바른 파악이 있어야 올바른 치유가 함께 있습니다.

늦지 않게 지금, 내 심경을 표현하세요. 표현하지 않고도 알아주길 바라는 마음으론 아무것도 개선될 수 없으니까요.

관계의 익숙함이
관계의 성숙함이기를

[자동사] 자주 대하거나 겪어 잘 아는 상태가 되다.

'익숙해지다'의 사전적 의미입니다. 익숙해진다는 것은 자주 대하거나 자주 겪어 잘 아는 상태가 되었다는 것일 뿐이지만, 우리는 이에 부정적인 마음과 말을 더하며 대하곤 합니다. 자주 대한 만큼 소홀하거나 자주 겪은 만큼 상처를 입히곤 합니다.

결코 익숙해진 이를 한낱 물건처럼 여기며 헤졌다 생각 들게끔 하지 말아야겠습니다.

자주 대한 만큼 소중하고, 잘 아는 만큼 조심스러워야 할 상태인 것. 관계란 무릇 자주 대하거나 자주 겪은 만큼 빛나며 아름다워지는 것. 관계의 익숙함은 곧, 관계의 성숙함이기를. 오래 함께한 사람을 완전히 새로운 눈으로 바라봐 줄 순 없어도, 과거의 고마움을 기억하며 애틋이 바라봐 주는 것. 혹여 흠집이 남진 않을까 온 맘으로 빛이

나도록 닦아 줘야 하는 것.

이젠 익숙해진 관계가, 결코 헤진 관계는 아니라는 것. 마음뿐 아니라, 말과 행동 그리고 눈빛으로 보여줄 수 있는 사람이기를 바래봅니다.

서로를 너무 잘 아는

소중한 사람아,

우리 오래 함께하자.

마음은 곧
선물 받은 것

사람의 마음은 소중한 선물과 같아서 한번 잃어버리면 이전으로 되돌리기 힘들다. 받은 선물은 한번 잃어버리면, 다시 새것을 구한다 해도 그 의미가 사라지는 것처럼. 아무리 똑같은 외형이어도 성에 차지 않는 것처럼. 한번 잃어버린 마음은 다시 찾으려 해도 무의미한 일에 가깝다. 나에게도 상대에게도, 이미 그때 주고받은 소중한 마음이 아니게 되는 것.

그러니 받은 마음을 익숙함에 함부로 잃어버리지 말 것. 또 선물이 아니었을 마음을 오랜 시간 간직하느라 애쓰지 말 것. 마음이란 한번 잃어버리면 다시 이전 그대로 되돌릴 수 없다는 것. 되돌릴 수 없기에 그 순간이 아주 값지고 아름다운 것. 그것을 기억하고, 언제나 귀중히 여기며, 이미 떠난 마음이라면 오래 아쉬워하며 되돌리려 하지 말 것.

우리는 모든 면에서 유한한 사람입니다

인간의 세포는 일정 시간이 지나면 파괴됩니다. 그리고 파괴된 세포는 새롭게 태어난 세포로 대체된다고 합니다. 스스로가 끝없이 분열과 재생을 반복합니다. 이러한 일련의 분열과 재생을 반복하다 보면, 재생 기간이 늦어져 늙어 버리는 것이라고 합니다. 각 신체 부위마다 다르지만 가장 긴 기간에 거쳐 재생되는 세포는 지방 세포입니다. 약 8년이 걸린다죠.

세포의 분열과 재생의 순환을 보고 있자니, 어떠한 생각이 저를 이끕니다. 시간을 거쳐 파괴된 세포가 새로운 세포로 태어나고… 또 파괴되고 새롭게 태어나고. 그러한 일들이 반복되다 보면, 나는 이미 내가 아니게 된다는 정도의 생각. 어느새 내가 탄생하며 처음 지녔던 세포는 전부 없어지고 완전히 다른 세포로 새롭게 대체되어 왔습니다. 그러니까, 우리는 최소 8년마다는 새로운 사람이 되는 셈 아닐까 하고요. 그러나 전혀 눈치채지 못합니다. 알지 못하고 살아왔습니다. 내 나이가 서른이라면 난 이미 3회 이상은 완전히 새로운 사람이 되어 살아왔다는 사실 말이죠.

우리 엄마 눈에는 내가 변함없는 어린아이로 보이겠지만, 난 수년에 걸쳐 완전히 나를 잃어버리고 갈아 치워 버린, 몇 번씩이나 새로워진 사람입니다. 십년지기인 내 친구는 내가 늘 한결같은 사람이라 하지만… 사실 나는 그 친구와 함께하면서 세포 상으로 한 번은 새롭게 탈피한 사람입니다.

변했다. 변함, 변화 말이죠, 비단 인간의 몸뿐만 아닐 겁니다. 나는 느끼지 못할지라도 변해 버린 것들이 참 많습니다. 변해도 모를 만큼 익숙해졌지만, 은연중에 새로워진 것들투성이일 겁니다. 내 육신처럼 나는 매일 달고 살기에, 그래서 너무 익숙하기에 인지하지 못한 것들 말이죠.

여전하다고 생각하는 것들 모두가 여전한 것이 아닌 셈입니다. 내 몸조차 여전하지 않은 것입니다. 단지, 내 것이어서, 내 것이었을 때엔 너무 당연해서 그래서 변화를 느끼지 못할 뿐이죠. 그러한 익숙함 속에 살다 보니, 삶에는 당황스러운 일들이 많이 일어납니다. 몸으로 치면 갑작스런 죽음과 같은 것들입니다.

갑자기 번아웃이 옵니다. 내 열정도 분열과 재생을 반복하다 보면 새로운 마음으로 탈바꿈하고, 그런 과정을 통해 재생 기간이 더뎌질 수 있는 것이지만, 나는 갑자기 그랬노라고 느낍니다. 가파른 경사를 떼굴떼굴 굴러가듯 아주 급격한 속도로 관계에 대한 회의감을 느끼게 됩니다. 사람과 사람 간의 사이도 분열과 재생을 반복하다 보면, 재생 기간이 늦어져 도태되어 버립니다. 한순간 이별이 다가온 것처럼 느껴집니다. 만남과 감정의 영역도 분열과 치유를 반복하다 보니 재생 기간이 꺼나 버거워진 텝니다.

모든 것은 그렇게 서서히, 천천히 변화해 왔지만 한계점을 극복하지 못하고, 그러다 툭, 매가리 없이 돌연사하듯. 무언갈 늘어지듯 지탱하던 힘줄 같은 것이 툭, 끊겨 회복할 수 없는 상태가 되는 겁니다.

이처럼 삶에는 알아차리지 못하는 것들투성이입니다. 나는 전혀 느끼지 못했지만 8년에 거쳐 완전히 탈피한 내가 여기 있듯, 너무 익숙한 탓에 몰라봤지만 분명 몇 번은 분열과 재생을 반복하며 변화했고, 그만큼 재생 속도가 늦어져 노화된 것들이 무더기일 겁니다.

모든 것은 이미 그렇게 끝없는 퇴보와 탄생의 과정으로 인해 녹슬고 낡아 버려서 나에게 다가왔고, 지금도 다가오고 있습니다. 실은 갑작스럽다고 느꼈던 그 어느 것도 갑작스러운 일은 없었습니다.

사람은 누구나 다 그렇게 살아갑니다. 영원한 것 하나 없이 유한한 걸 붙잡고 무한할 거라 믿고 살아갑니다. 익숙할 것 하나 없는데, 익숙하다며 서서히 변해 가는 걸 눈치채지 못하고 살아갑니다.

하지만 이 순간 이후론, 인식하며 살아갔으면 좋겠습니다.

우리는 점차 낡아 가고 있다는 것. 생은 무한이 아니며, 나의 시간은 유한하다는 것.

몸과 마음이 낡고 녹스는 것을 방지하기 위해선 그럼에도 익숙함을 없애고 꾸준한 진화와 다짐의 윤활제가 필요하다는 것. 변화를 인지하고, 그 변화에 맞게 다시 변하고 성장해야 한다는 것.

사람은 언젠가 죽듯, 마음과 열정도 언젠가 죽는다는 것.

우리는 모든 면에서 정말 유한한 사람입니다.

그것을 극복하기 위하여 꾸준히 분열하고 재생하지만,

그럼에도 한계에 도달하게 될 사람들입니다.

당연하다고 생각해 왔던 그 무엇도 여전히 당연하지 않을 것이니,

지금 이 순간, 익숙함에 안일해하는 시간들이 참 아깝게 느껴지기도 합니다.

‘나였으면’이 아닌 ‘나였어도’

스릴러 영화를 보며, 긴박한 상황에서 도망을 가지 않고 얼어붙어 꼼짝 못 하는 주인공이 답답했던 적이 있다.

“아니… 가만히 있지 말고 도망쳐야지 멍청아…!”

하지만 아무도 없는 밤거리에 들어선 ‘사그락’ 소리에 얼어붙어 발걸음 떼지 못하는 내가 있었다.

언젠간 운동 경기를 보며
“에이. 저기선 저렇게 하고, 여기선 이렇게 했어야지….”
생각만은 현역 선수보다 뛰어나지만,
막상 뛰어 보면 조그만 경기에서조차 몸 따로 마음 따로
고장 나고 얼타는 나를 볼 수 있었다.

모두가 어떤 상황에서 ‘나였으면…’ 답답해하지만,
실은 ‘나였어도’ 달라질 게 전혀 없다.
아니, 오히려 ‘나였으면’ 더 최악을 만들 상황이 다수이다.
세상은 내 생각만큼 움직이는 것이 없고,

나조차도 내 의도대로 움직여지지 않는다.

누가 볼 땐 나 또한 아주 답답한 사람일 뿐.
훈수 두긴 참 쉬워도, 스스로 그렇게 행하기는 참 어렵다는 것.
삶은 각자가 가진 입장과 최선이 존재하는 것이기에.
남을 평가하는 태도를 조금 바꾸어 살아가는 게,
나와 그 모두에게 이롭다는 것.

'나였으면.'이 아닌, '나였어도.' 주변과의 예민함을 줄이고, 스스로 화를 만들지 않는 현명한 방법일 것이다.

바쁜 세상 속에서
점차 느끼게 되는 것들

행복이 불안을 만든다

나를 행복하게 했던 것들은 나를 가장 아프게 하는 것들이 된다. 가장 행복했던 순간, 나의 생을 아름답게 만들어 줬던 것들 그리고 나를 기쁘게 만들어 주던 사람들 모두가 결과적으로 나를 힘들게 하고 슬프게 하는 본질이라는 걸 깨닫게 된다. 언젠가의 이별은 존재할 것이며, 어떤 때의 믿음과 기대는 실망이 되기 마련이다. 그래서 때론 내가 쥐고 있는 행복이나 안온함이 무척 두려워지기도 한다.

싫어하는 것이 우선인 삶

어릴 땐 좋아하는 건 맨 앞, 싫어하는 건 맨 뒤였는데 어른이 되어 가며 매도 먼저 맞는 게 낫다는 걸 마음으로 공감하게 된다. 좋아하는 건 미루게 되고 싫어하는 것부터 발 빠르게 해치우고 싶다. 가장 싫은 사람 먼저 손 내밀어야 할 때가 많고, 가장 싫은 일부터 먼저 잡고 있으며,

가장 싫어했던 것을 가장 잘 먹고 소화하며 받아들여야 한다는 것을. 세상의 설계는 참 이상하게 되어 있다고 느끼며, 삶 안에서의 밝은 면보단 어두운 면을 자주 마주하게 된다.

사람이 가장 무섭다

두 가지 의미로, 타인과 나 자신이 동시에 무섭다. 타인은 나를 상처 입히기 일쑤이고, 나는 자신의 편안한 마음을 위하여 타인에게 자주 기대게 된다. 사람은 응당 관계 안에서 살아가기 마련이지만, 그럴수록 마음이 시들고 병들어 가는 것을 느끼게 된다. 중독이라도 된 듯 누군가 없으면 허전하고, 있으면 나를 아프게 하는 존재가 사람이라 깨닫는다.

귀찮음이 병이라면 나는 말기다

한량 같은 심보가 가면 갈수록 심해진다. 어느 순간부터는 내가 손해 보더라도 귀찮아서 '손해 보고 말지.'라고 생각하는 지경까지 이르게 된다. 복수를 하고 싶은 사람이 생겨도 이젠 알아서 자빠져라 싶다. 가끔은 발등에 불이 떨어지는 것을 넘어서야지만 미루던 일이 손에 잡힌다. 감정 소모, 미움, 복수, 내가 아등바등하지 않아도 어떻게든 흘러간다는 걸 인지한 것일까. 오늘 할 일을 미뤄도 내일의 나는 생각보다 강하다는 것을 안다. 언제나 이렇게 지낼 순 없더라도, 유독 귀찮음이 몰려오는 시기가 오면 그런가 보다 하고 무언갈 하려는 강박에서 벗어날 수 있는 것은, 꽤나 큰 축복이다.

좋은 것을 티 내지 않는다

좋은 것은 나누라는 어릴 적 배움과는 다르게, 삶의 안온과 행복은 나눌수록 나에게 해로 다가올 때가 많다. 슬프기도 하고 매정하기도 한 현실. 그렇기에 좋은 건 나 혼자 고이 간직하려고 한다. 괜한 자랑을 삼가며 행복하여 축하받아야 할 순간까지도 의식해 몇 명에게만 말하는 정도. 부정적인 마음을 가지고 사람을 잘 못 믿는 건 내가 못돼서가 아니라, 상처받기 싫어서이다.

혼자서도 즐길 줄 알아야 한다

세상엔 나 혼자 즐길 거리가 널리고 널렸다. 아직 다 즐겨 보지도 못한 걸로 세상은 넘쳐흐른다. 굳이 혼자가 됨을 자처하는 건 아니지만, 또 굳이 누군가와 함께하기 위해 목매달지 않아도 된다는 것. 성숙한 사랑은 홀로 있는 시간에 스스로 만족할 때 가능하고, 삶의 전반적인 만족은 나 스스로와의 놀이가 가능할 때 온다는 것을 깨닫게 된다. 나 혼자서도 잘 살고 버틸 수 있게 됨으로써 많은 삶의 비법을 배워 가는 것이다.

잘 살고 있는 건지

건강에 나쁘다는 것들은 죄다 내 친구가 되어 있다. 매일 잠이 덜 깨 빈속으로 마시는 커피와 제때 챙기지 못한 끼니. 스트레스를 풀기 위해 마시는 술. 어두운 방 안에서 의미 없이 들여다보는 핸드폰 화면과 점차 어두워지는 눈밑. 무언가 하고 있고 되고 있는 것 같다가도, 건강한 육체와 마음을 잃어 가면서 이룬 것들이 무슨 소용이 있을까 라는 회의감. 잘하고 있는 건지. 잘되고 있는 건지. 그러다 문득. 아, 이게 잘 살고 있는 건지.

잘하고 있는 건지.

잘되고 있는 건지.

그러다 문득

아, 이게 잘 살고 있는 건지.

당신을 일으키는 문장이 어딘가에 있다

다섯 살부터 여덟 살까지였나. "늦기 전에 들어와야 해." 동네 뒷산에서 딴 버섯으로 버섯볶음을, 중앙시장에서 산 어묵으론 어묵국을 준비하는 할머니가 자주 했던 말이다. 너무 늦기 전에 돌아오라고. 해 지기 전엔 저녁 먹으러 오라고. 자주 떠올리진 못하겠다만, 나 그때의 다정함을 기억하며 기약한다. 또 살고 있다. 그녀의 말마따나 출처 없는 외로움이 몰려올 땐 나도 들어갈 곳이 있었고 돌아갈 곳이 있는 사람이라는 안식으로의 도약을 하려고 애쓴다. 종잡을 수 없는 괴로움이 내 삶을 꺾어 놓는다면, 잊지 않는다. 우리 모두는 들어가야 할 곳이 있고 누군가에게로 돌아가야 할 약속을 가진 사람들이라고. 그런 장소와 관계가 얽힌 사람들이다. 아무 쓸모없이 찬바람을 맞으며 주저앉아 울고 있는 것 같아도, 모두가 그런 사람들이다. 따뜻한 저녁상으로 들어가야 할, 누군가의 품으로 귀소해야 할. 누군가의 기다림이자 누군가의 보살핌인 사람들. 어딘가의 포근함이자 누군가의 가족인 사람들. 무엇 하나 애틋하게 생각하지 않을 수 없는 새끼손가락들.

"늦기 전에 들어와야 해." 어떤 방식으로든 우리를 일으키는 문장이 생에 하나씩은 존재한다. 그 문장, 잊지 않고 살리라.

바다 가고 싶다

많은 이들이 자신에게 주어진 상황이 너무 버겁거나 도저히 해결할 방법이 없어 갑갑할 때에는 '떠나고 싶다'고 말합니다. 조금 더 구체적으론 '바다 가고 싶다'고 말이죠.

언젠가 독자들에게 '힘들 때 가장 하고 싶은 건 무엇인가요?' 물어봤을 때 나온 답 역시 '바다에 가고 싶다.'였습니다. 가장 많이 하는 행동은 '하늘 보기'였고요. 역시 사람 사는 거 다 똑같구나 싶었습니다. 아름다운 것과 탁 트인 것을 보면 마음이 개어집니다. 푸른 것을 보면 마음이 안정되고 광활한 것을 보면 마음이 정화됩니다. 모두는 은연중에 그 치유를 알고 있습니다. 그래서 주변인이 바다 보러 가고 싶다 하면 무슨 일 있냐 물어보기도 하고, 하늘을 멍하게 바라보면 무슨 걱정이라도 있냐 물어보는 것이겠죠.

근데 참 아이러니한 사실은 바다를 보러 가도, 하늘을

봐도 달라질 거 하나 없다는 것입니다. 나는 어떤 일이 잘 풀리지 않아서, 너무 분해서, 그리고 답답해서 그것을 식혀 보고자 바다를 보러 가고, 하늘을 멍하니 바라보는데 사실 실질적으로 변하는 것은 전혀 없습니다. 힘든 일은 여전히 해결이 안 되었습니다. 풀리지 않던 일이 갑자기 잘 풀리는 것도 아니지요. 그러나 이상하게도 그럭저럭 마음이 괜찮아집니다. 또 그 괜찮음으로 다시 나아갈 기운을 얻습니다.

나는 왜 괜찮아지지 않아도 괜찮아지는 것인가. 당신은 왜 좋게 변하는 거 하나 없다는 걸 알면서도 떠나고 싶은 것일까. 곰곰이 생각해 봅니다. 어쩌면 바다와 하늘 같은 것들은 우리에게 깨우침을 주는 것 같다는. 자연이 그런 힘을 가진 신적인 존재라는 뜻은 아닙니다. 단지, 탁 트인 것. 높은 것. 아름다운 것. 예쁜 것. 탁하지 않은 공기. 시원한 바람과 막힌 것 하나 없는 공간. 나보다 훨씬 높고 넓은 것들. 또는 제법 다른 온도. 그런 것들을 마주하면 우리의 어떤 것을 향한 날 선 열망이 뭉툭해지는 건 아닐까 합니다. 내가 한없이 작은 존재라는 것을 깨우치며 오는 연고같이 물렁물렁한 생각들이 나를 치유해 줍니다. 탁했던 생각이 한층 상쾌해집니다.

'해내야만 한다.'는 부담에서, '하지 못할 만도 하지.'라는 인정. 또는 '이 넓고 높은 것들 아래 내 걱정은 아주 작은 먼지 정도겠지.'라는 안도감. '지금껏 어떻게든 흘러왔으니, 앞으로도 어떻게든 흘러가겠지.' 정도의 무책임. 아주 예전부터 알았지만 살아오면서 잊게 되는 것. 나는 할 수 있고, 해야만 했고, 보여 줘야만 한다는 그 강박에서 잠시나마 깨어나는 것 같습니다.

그 광활한 자연으로부터 알게 됩니다. 나는 좀 약하고, 좀 멋없고, 미세한 존재일 뿐이라고 인정하게 됩니다.

그러니 주변인이 "나 바다 가고 싶어."라고 말하거나, 하늘을 자주 올려본다면 어떠한 압박으로 인해 구석으로 몰려 있다는 걸 뜻합니다. 나 또한 그런 말과 행동을 자주 한다면 그런 것이 분명하겠죠. "나 좀 약해지고 싶어.", "나 좀 인정하고 싶어.", "나 좀 벗어나고 싶어." 정도의 간절함일 테지요.

직접적으로 '힘들다.', '정말 버겁다.' 표현하지 않아도 알아주어야 합니다. 알아줍시다. 그리고 그만큼이나 힘들 그 사람을, 또 나를 극진히 보살펴 주도록 합니다. 해결할 방법이 없어 도망치고 싶어 하는 사람일 테니까 말이죠. 힘이 도저히 나질 않아 힘을 낼 수 없는 사람일 테니까 말이죠.

"아, 아주 잠깐만이라도 바다 보러 가고 싶다."

3부

잘했고 잘하고 있고 잘될 것이다

사랑했고 사랑하고 있고 사랑일 것이다

좋지 못한 사람인 내가
용기 내어 너에게 다가간다.
좋지 못한 사람인 네가
용기 내어 나에게 다가온다.

미련한 마음과 미련한 마음이 만나는 것

누군가에게 한 치의 마음이라도 떼어 주는 게 내가 아파지는 길이란 걸 알면서도, 나는 또 겨울바람이 차다는 이유만으로 누군가에게 마음을 건네 보는 미련한 사람이었다. 떼어 준 마음 한편엔 구멍이 나 버려서 채우려 할수록 공허해진다는 걸 알면서도, 나는 또 허기진 마음 참지 못하고 누군가의 말과 행동에 의미를 부여해 헛헛함을 채우려는 가난한 사람이었다.

늘 그렇게 상처받았고, 늘 그렇게 결핍했단 걸 알면서도 외로움과 그리움을 견디지 못해 누군가에게로 향한다. 그동안의 나의 상처와 비루한 만남은 잊어버리고 다시 그 어떤 마음에게 끌리는 어쩔 수 없는 미련이었다. 비록 그것이 나를 아프게 할지라도, 그것이 나를 비참한 사람으로 만들지라도. 나는 오늘도 누군가에게로 머뭇거리다 성큼, 다가간다. 마음 한편 내어 주고 마음 한편 베어 문다.

하지만 어쩌면 그런 미련과 미련이 만나 사랑이 되는 것이었다.

'내가 좋은 사람이 되어 좋은 사람이 내게 오도록.' 이 문장은 좀처럼 나에겐 어울리지 않는 활자였다. 우리는 늘 누군가에게 좋지 못한 사람이었다. 그런 나에게 손을 건넨 너 또한 다를 거 하나 없었겠지. 어딘가 부족했고 급했으며 까칠했고 때론 가시 같았다. 깊은 구멍이었고. 나를 밝히기 위해 주변을 어둡게 만들어 왔던.

하지만 어떤가. 좋지 못한 사람인 내가 용기 내어 너에게 다가간다. 또 좋지 못한 사람인 네가 용기 내어 나에게 다가온다. 상처 많은 내가 너에게 마음을 허용하고, 상처 많은 너는 나를 그토록 수용한다. 우리의 만남은 곧 완벽함과 거리가 멀었더라도 그렇게 서로에게 서로로서 가까이 다가왔다.

언젠가 만날, 만났을, 만나고 있을 사랑하는 사람아. 사랑은 미련한 마음과 미련한 마음이 대면하는 것. 미완의 마음과 미완의 마음이 미완의 감정을 향하여 서로를 견인하는 것. 완전하지 못하고 완연하지 않더라도, 상처가 반복되더라도, 다 채워 넣지 못할 것이라도 만남의 끝을 미리 예견하며 얘기하지 않아야겠다. 누군가는 혀를 차며 비웃더라도, 모두에게 인정받지 못하더라도 우리의 이야기는 너와 나만이 끌고 갈 수 있는 것이기에. 내가 아는 사랑은 언제나 그래 왔으니, 우리의 사랑은 언제나 행복함과 완벽함만으로는 형용할 수 없는 것이었으니.

사랑하는 사람아. 미련한 마음과 미련한 마음이 만나 미련한 만남을 할지라도 우리 서로에게 다가오고 있다는 것, 그 사실만으로도 서로에게 이미 좋은 사람이지 않을까. 그것만으로 서로에게 좋은 사람일 수 있는 이유가 충분히 되었지 않을까.

그럴듯한 사람 말고
그렇게 다가온 사람

실로 나의 삶을 다채롭게 꾸며 주는 사람은 특별히 능력이 있거나, 이상형과 정확히 부합하거나, 많은 이들에게 존경받는 사람이 아니라는 걸 알게 된다. 빈구석이 많아 누가 보았을 땐 형편없는 사람일지라도 나에게 있어 가장 최선의 진심을 내어 주는 사람. 이상형과는 맞지 않아도, 나에게 이상향을 꿈꾸게 해 주는 곧은 사람. 다수가 몰라주지만 나는 알 수 있는 그만의 예쁜 구석이 존재하는 사람.

서로가 서로의 인생 부분 부분을 채워 주는 행위는 둘이 대단하고, 완벽하고, 고매한 성품을 지니고 있어서가 아니라 서로에게 진심이고, 미래이며 나만이 그를 알아볼 수 있음이 가능한 영역이기에. 그렇기에 서로 짝이 될 수 있는 것이다.

과거 그럴듯한 사람만을 추구하며 살았지만, 이젠 안다. 그럴듯한 사람을 원하는 치장에 가까운 마음은 어차피 영원에 닿지 못한다는 것을. 정말 그렇게 다가온 사람이 나의 영원이 된다는 것을.

사람과 사랑에 아파했던 당신에게

미련 없이 시간을 내주고 계산 없이 돈을 쓰면, 귀중한 마음이라 생각하며 그 마음, 진심으로 고마워하는 사람을 만났으면 좋겠다. 하나하나 계산하고 비교해 가며 자신이 준 마음만 값비싸게 생각하는 사람 말고.

사소한 것이라도 자주 표현해 주는 사람 만났으면 좋겠다. "고마워.", "보고 싶어.", "뭐 먹었어?", "오늘 하늘 참 예쁘다." 온종일은 아니더라도 사소한 것도 놓치지 않고 공유하려는 사람과 이어지기를 바란다. 그만큼, 나를 구석구석 생각하고 있다는 증거이니.

예쁜 말로 나의 하루를 꾸며 주는 사람을 만났으면 좋겠다. 어감만 아름다운 형태가 아닌, 마음에서 우러나오는. 그래서 나의 마음이 안온해지는. 몸은 멀리 있어도 마음이 함께 있는 것 같은 평온함을 느끼게 해 주는. 굳이 굳이 돌려 말하지 않는 직선적인 마음이라, 나의 마음에 바로 꽂히는 그런 다정한. 먹구름 가득한 하늘에 내리는 한 줄기 빛 같은 언어와 목소리가 가득한.

무엇보다 이상형에 딱 맞는 사람이 아니라, 기대하지 않을 정도로 덜 맞았지만 점차 서로의 세계가 되는 사람을 만났으면 좋겠다. 그러므로 함께하는 시간이 이상향에 가까워지는. 서로가 맞추어 가고 싶단 생각이 자꾸 드는. 서로에게 틈이 있어 작고 아름다운 들꽃이 피어나는. 서로에게 흠이 있어 자꾸만 연고를 발라 주고 싶은. 그런 마음에서 사랑이 더 깊이 있게 자리 잡는 것이니.

사람과 사랑에 아파했던 당신이기에, 이런 만남이 찾아오기를 바란다.

정말 좋은 사람이라는 증거

사소한 관심이라도 가볍게 여기지 않고, 나의 배려를 당연시하지 않는 사람. 기다림은 짧고, 그 여운은 정말 길게 남는 사람. 진심 어린 말의 위로도 좋지만, 진심 어린 경청의 위로를 건넬 줄 아는 넓은 사람. 지금 당장의 행복에 집중하되, 과거에 나와 함께 고생했던 것을 잊지 않는 사람. 가끔은 멀어졌다고 생각되더라도, 나와의 거리를 좁히기 위해 용기 있게 먼저 다가와 주는 사람. 내가 필요해서 좋아하는 것이 아닌, 나를 애정하기에 내가 필요한 사람. 함께 있을 때, 가면에 숨겨진 자신이 아닌 진짜 서로의 모습이 나오는 사람. 그만큼 서로에게 편하고 허물없는 관계. 그 편안함이 소홀함과 익숙함이 아닌, 소중함으로 기억되는 그런 관계. 이러한 상대의 긍정이 나에게도 영향을 끼쳐 자꾸 내가 좋은 사람이 되고 싶어지는 그런, 사람.

그래도, 그러나, 그럼에도

나에게 있어 누군가를 애타게 좋아한다는 말은 '그래서'이거나 '그런데'이거나 '그러하면'이 아니라고 생각한다. 모든 인과 관계를 벗어나면서도 그래도, 그러나, 그럼에도.

나의 이상형이어서. 그래서, 사랑하는 것이 아니라
나의 이상형이 아니어도. 그래도, 사랑하는 것.

그 사람이 참 멋지고 귀해서. 그런데, 보석처럼 값진 사람이라서가 아니라
그 사람은 특출나지 않고 꾀죄죄한 면이 있으나, 나에게는 보석보다 귀한 것이라.

이 사람이 나에게 이렇게 해 주면, 참 좋을 텐데가 아니라
그 사람은 그렇게 해 주지 않는 사람이지만 그럼에도, 나는 걸음을 맞추어 사랑할 수 있다는 것.

사랑은 이를테면

그래도, 그러나, 그럼에도.

우리라는 도형

각을 가진 도형은 모서리로 그 이름을 짓습니다. 이각형은 없죠. 각을 만들 수 없기 때문입니다. 모서리가 적어도 세 개 이상이어야 도형이 됩니다. 삼각형. 사각형. 오각형. 육각형. 아, 이러면 끝이 없으니 우리 더 많은 모서리는 '다각형'이라 합시다.

당신과 나는 이제 도형이 될까 합니다. 이각형은 없죠. 그러니까 너와 나만으론 도형이 되기 어렵습니다. 해서 뾰족한 모서리를 하나 추가합시다.

만남이라는 모서리. 더해서 약속이라는 모서리. 이해라는 모서리. 하나 더. 하나 더. 하나둘씩 모서리가 늘어날수록 서로에게 상처를 입힐 수 있겠지만 이윽고 너와 나 그리고 그것들 사이에 하나의 공간이 생기어 도형이 되었습니다. 모서리가 늘어날수록 각이 점점 넓어져 뾰족함이 유해지기도 합니다.

처음엔 삼각형이었지만 사각형…오각형…육각형… 아, 이러면 끝이 없으니

그 공간과 꼭짓점을 전부 더해 '우리'라 이름 지어 봅시다.

일상적이나 가장
이상적인 하루를 만들어 주는 사람

자기 전에 굿나잇 인사를 꼬박꼬박 보내 놓는 것. 잠은 잘 잤느냐고 무슨 꿈을 꾸었느냐고, 하루의 시작을 궁금증으로 맞이해 주는 것. 구름 한 점 없는 하늘이 보이면 사진 찍어 같은 하늘 아래의 마음을 전하는 것. 지나가는 길에 예쁘게 핀 들꽃을 보았다고 머문 시선을 공유하는 것. 좋아하는 시집에서 가장 좋아하는 문장에 밑줄을 그어 선물하는 것. 사랑은 아름다운 휴양지로의 여행과도 같은 경험을 선사하는 것이지만, 그것이 아주 일상적인 하루에서부터 느껴지는 감정임을 아는 섬세한 사람이 좋다. 일상의 미지근한 온도로 이상적인 감정을 느끼게 해 주는 사람. 다정한 안부를 매일 밤에 뜨는 달과 매일 아침의 해보다 앞서 물어봐 주는. 꾸준히 깨끗한 것과 아름다운 것들로 나의 하루를 정화해 주는. 가장 전하고 싶은 말에 밑줄을 그어 나에게 알려 주는. 서로가 건네는 매일매일의 미지근한 다정을 소중히 여기며 가꾸어 줄 수 있는. 또 당연한 일이지만 결코 당연히 여기지 않는.

편안함이,

소홀함과 익숙함이 아닌

소중함으로 기억되는 사람.

사랑을 한다는 건
숨 쉬는 것과 같아

보이지 않는 걸 믿느냐 물었다.

그러니 가끔 믿는다 답했다.

그럼 감정을 정의할 수 있냐 물었다.

그러니 얼핏 알 것 같다 답했다.

그럼 사랑이 뭐냐 묻자 그는 아는 듯 답했다.

"사랑은 아마 숨 쉬는 것과 같아."

나는 '숨과 같이 없으면 못 사는 것', '나를 살게 하는 것' 따위의 당연한 뜻이겠지 하면서 뻔하기 그지없다 생각했다. 하지만 뒤로 이어진 그의 말은 내 숨을 턱 하고 막히게 했다. 나는 아가미를 달고 땅을 밟는 것 같았다.

"사랑은 아마 숨 쉬는 것과 같아. 숨 쉰다는 걸 의식하면 숨 쉬는 게 불편해지듯, 사랑한단 걸 의식하는 순간 사랑이 좀 불편해지거든."

괜찮게 쉬던 나는 숨이 아주 가빴다. 어서 인공호흡

이라도 받았으면 싶었다. 눈 질끈 감고 그의 날숨을 뺏어 먹을까 했다. 분위기가 좀 탁해 숨 쉴 곳이 그곳밖에 없었다.

사랑하는 사람에게
편지로 전하고 싶은 마음

◇ 우리 만남이 무조건 행복한 일들로만 가득할 순 없겠지. 앞을 가로막는 것들이 자주 있을 거야. 둘의 사이를 방해하는 것들이 넘쳐흐르겠지. 하지만 모든 것들은 지나가면 소중히 꺼내 이야기할 수 있는 추억거리가 될 거라고 말하고 싶다. 우리는 이제 혼자가 아니니, 함께 헤쳐 가며 모든 시련을 값진 경험으로 이끌 수 있을 거라고. 꼭 둘이 함께 이겨 내자고. 우리 같이 걸어가는 모든 길과 견뎌 내는 모든 시간들, 버릴 거 하나 없이 가치 있었다 말할 수 있는 우리가 되었으면 좋겠다고.

◇ 네가 잠깐이라도 불안해할 때면 나는 몇 시간을 들여 불안해지기 마련이야. 네가 몇 시간을 기분이 상해 있으면, 난 며칠을 마음 쓰는 사람이고. 우린 서로에게 많이 기대며 의지하고 있으니, 서로에게 가장 큰 희망이자 불안이자 다정이자 슬픔이 되겠지. 가장 잔잔한 호수가 되어 주기도 하지만 가장 거친 파도로 서로에게 다가갈 수도 있겠지. 그만큼 넌 나의 마음을, 하루를

움직이는 커다란 흔들림이야. 하지만 또, 내가 흔들릴 때면 나를 붙잡아 주는 가장 큰 안정이기도 해. 너도 나와 같겠지. 서로가 그 사실을 오랫동안 잊지 않았으면 좋겠다. 가장 근처의 기댐이자 깊은 상처가 될 수 있다는 사실을 마음속에 품고, 조심스럽게 그러나 대담히 안아 줄 수 있는 너와 내가 되기를.

◇ 서로에게 바라는 것이 많아졌어. 한 사람의 인생과 한 사람의 인생이 포개지는 것에 쉬운 일이 어디 있겠어. 맞지 않는 부분들 교정해 가는 과정에서 서로 싫은 소리가 오고 가곤 하겠지. 그럴 때마다 듣기 싫은 잔소리라며 두 귀 닫지 말고, 단소리라 생각하며 귀 기울여 줄 수 있는 둘이기를. 물론 맘처럼 모든 말들을 수용하긴 힘들겠지만, 결코 무용한 말들이 아닐 것이라고. 우리를 위하여 꼭 필요한 말들이라, 서로의 속마음에 경청할 수 있는 둘이 되기를.

◇ 우리 여행 가자는 말은 참 많이 꺼냈지만, 바쁘다는 핑계로 이내 다음을 기약한 적이 많았지. 이번만큼은 복잡한 현실은 뒤로하고, 지금 이 순간 떠날까? 너와 떠나고 싶어. 생각이 복잡할수록, 여유가 없을수록 별다른 준비 없이 함께 떠나도록 하자. 어딜 가느냐, 무엇을 먹느냐보다 누구와 함께인지가 더욱 중요한

거니까. 세상의 잡음 속에 지친 날에는, 특별한 곳이 아니더라도 서로를 조용히 감싸 안을 수 있는 곳으로, 온전히 둘만 바라보며 마음의 안정을 찾아볼 수 있도록. 우리, 떠나자.

◇ 과거에 어떤 일이 있었든, 어떤 소문이 남아 있든, 난 널 믿어. 지금 하는 일에 확신이 서질 않는다며 자주 무너지고 울상인 너지만, 그럼에도 널 믿어. 너라는 사람을 믿고, 네 행동을 믿고. 미래 또한 믿어. 나 자신을 스스로 믿어 주기도 힘든 세상에, 내가 네 옆에 있는 가장 값진 이유랄까. 누군갈 믿는다는 것만큼 값진 경험이 없다는 것 또한 나는 믿어. 네 편이 여기 있잖아. 내가 널 믿는 것만큼 너 또한 나를 믿고 있다는 것조차 난, 믿어.

◇ 아주 밉다가도 돌아서면 보고 싶은 사람. 다투는 일이 많아지더라도 서로 싫어하는 것은 아니기에. 언제나 사랑이 무한한 애정으로만 표현될 수 있는 것은 아니기에. 이 모든 격렬한 부딪침도 또 하나의 다정다감한 마음으로 여기기를. 부디 우리의 만남이 단맛 쓴맛 편식 없이 골고루 소화하며 성장하는 사랑이기를.

사랑하기 좋은 계절

사람은 자신이 태어난 계절에 쉽게 사랑에 빠진대요. 통계적으로 입증된 사실은 아니고요, 나랑 비슷한 계절에 태어난 사람이 언젠가 그랬어요. 모든 생물에게 귀소 본능이 있듯, 사람에게는 사랑 본능이라는 게 있는 걸까요. 사실이 아니더라도 그렇게 믿고 싶은 이야기입니다. 사랑의 결실로 태어난 사람이 제 사랑할 시기를 알고, 그때에 맞춰 가장 다정한 사람이 된다니요. 나는 4월에, 그이는 5월에 태어났고, 우리는 9월에 사랑에 빠졌습니다. 거리엔 빌딩 숲이 빼곡하고, 옆집 사람과 인사조차 생략하고 살 만큼 퍽퍽해진 삶이지만, 그 안에 낭만의 씨앗은 여전히 존재한다는 것을 믿습니다. 갈라진 아스팔트 사이에서 기필코 꽃을 피워 냈다는 것. 각자의 계절을 맞아 사랑의 숲을 개간했다는 것. 그리고 거기에 그럴듯한 이유를 더했다는 것. 우리는 덥지도 그렇다고 춥지도 않은 비슷한 계절에 태어나, 덥지도 그렇다고 춥지도 않은 계절에 사랑에 빠졌습니다. 자신이 태어난 계절에 사랑에 빠지기 쉽다는 말, 진즉 사실이 아니라 알고 있었지만, 신기한 진실을 알게 된 듯 믿게 되었죠. 그때 그이와는 그런 계절에 태어났고 그런 계절에 사랑했으니 딱 갖다 붙이기 좋은 핑겟거리였던걸요. 어느 순간 서로가 그 낭만적인 핑계를 정말 믿고 있더라니까요.

미안해보단 고마워

어떤 이를 향한 마음은 한없이 미안하고 죄송해서, 딱히 큰 잘못과 실수가 아님에도 미안하다는 말을 반복해서 할 때가 많습니다. 그러나 그 말은 진심을 담아 딱 한 번만 해도 족하다는 생각을 합니다. 소중한 사람이 나에게 원하고 있는 것은 미안하다는 말과 주눅 든 모습이 아니라, 고맙게 생각하며 손잡아 주는 모습일 테니까요. 그러니 미안함을 충분히 표현했다면, 미안한 마음에 고마운 마음을 담아 건네줍니다.

"~해 주지 못해서 미안해." "~밖에 안 돼서 미안해." "~해서 미안해."

보단

"~못 해 줬는데 내 곁에 있어 줘서 고마워." "이런 나를 좋아해 줘서 고마워." "그럼에도 믿어 줘서 고마워."

그럼에도 함께해 줘서 고맙다고. 믿어 줘서 고맙다고.

그리고 미안한 마음은 고쳐먹은 행동으로 보여 주려고 노력해야 하는 겁니다.

우리는 사랑하는 이의 고개 숙인 모습보다 고맙다며 따뜻하게 안아 주는 모습을 은연중에 바라고 있습니다. 고맙다며 손 꽉 잡아 주는 믿음직한 모습을. 과거의 자책보단, 미래의 성장을 약속하는 사람을. 당연하지 않음과 상대의 용서 그리고 관용을, 이해를, 희생을 알아주며 그에 걸맞은 사람이 되어 보려는 그 담대를.

사랑은 나보다 상대를 앞에 두는 것

언젠가 작가를 꿈꾸던 때가 있었다. 쓴 글들이 미처 세상 밖으로 나오지 못해, 일기장처럼 꼭꼭 숨겨 두었던 젊은 날의. 나의 모든 글과 마음이 향했던 이에게 말했다. "내 이름으로 책이 나오면 나보다 너에게 먼저 선물로 주고 싶어." 나보다도 더 앞서서 네게 보여 주고 싶고 건네주고만 싶다고. 사람마다 그리고 사랑마다 제법 다른 크기와 종류의 마음이 있겠지만, 나에게 있어 사랑은 '나보다 상대를 앞에 두는 마음'이었다.

정말 내 이름으로 세상에 나온 책 한 번 보는 게 소원이었는데, 그 소원을 당신에게 먼저 양보하겠습니다. 내 삶이 꼭 이러기를 소망하고 있는데, 그 소망보다도 당신의 소망을 먼저 응원합니다. 과거의 모든 희망보다 앞서서 이제는 당신을 희망합니다.

그 어느 작은 사랑이라도, 나를 놓지 않고 이루어진 적 있었던가. 그 무엇을 대신한다 해도 표현이 안 되어, 결국 나보다 상대를 앞에 두는 미련하고 보잘것없는 마음. 어떤 의미에서는 첨예하며 값을 매길 수 없는 마음. 사랑.

곁에 두고 싶어지는 사람

서로의 아픈 곳을 너무 잘 알아서 상처받을 일이 많아지는 게 아니라, 외려 적어지는 사람. 약점과 속마음을 다 보여 준 것이 후회되지 않는 사람.

잘 풀리지 않은 일에 위로와 응원을 주는 사람도 좋지만, 잘 풀린 일을 진심으로 축하해 줄 수 있는 여유 있는 사람.

미워서 서로 다투더라도, 싫은 건 절대 아닌 것이 느껴지는 사람. 좋아서 싸우는 것이기에 어떤 사건에 있어 끝마침의 말이 오가지 않고 더욱더 단단해지는 관계로 이끌어 주는 사람.

솔직하게 감정을 터놓고 정상적인 대화로 풀어 가려는 사람. 서운함을 꾹꾹 숨기다가 알아주길 원하기보단 그때그때 풀어서 심하게 꼬이지 않게 하는 현명한 사람.

서로의 주변인을 충분히 존중해 주는 사람. 주변인을 경계하기보단 그와의 만남 이전의 관계들에 대하여 존중해 주고 이해해 보려는 것에 적극적인 사람.

내가 나를 좋아하게끔 만들어 주는 사람. 언제는 포용적이고 언제는 현실적으로 감싸 안아 주어서, 내가 나를 믿고 나아가게끔 지지해 주는 그런 따뜻한 마음을 가진 사람.

이런 사람은 곁에 자꾸 두고 싶어서, 내가 그런 사람이 되어 가고 싶더라.

♥

그 사람은 어디서 본 건지 이렇게 말했어요. 하트 윗부분의 움푹 파인 곳은 사랑이 포근한 형태로 상대를 감싸 줄 수 있다는 뜻이고, 끝부분의 뾰족한 모서리는 아프게 찌를 수도 있다는 뜻이라고요. 그러게요. 하트는 말 그대로 사람의 마음을 형상화한 거잖아요. 내 마음을 보여 준 순간 나를 가장 따뜻하게 감싸 주는 사람이자, 나를 가장 아프게 하는 사람이 생겨요. 상대의 마음을 받은 순간 매일 포근한 일상이 시작되지만, 가장 뼈아픈 순간이 존재하게 되어요.

그 사람은 언젠가 그렇게 말하고, 꼭 그렇다고 가르쳐 줬던걸요.

내 마음을 보여 준 순간

나를 가장 따뜻하게
감싸 주는 사람이자,

나를 가장 아프게 하는
사람이 생겨요.

모든 걸 드렸지만 잡히지 않았던 사람

내가 가진 모든 말과 감정을 드렸지만 잡히지 않는 사람이 있었다. 그가 마지막에 했던 말 중 가장 기억에 남는 말이 하나 있다. "내가 나중에 벌 받을게. 넌 잘 살아."였다. 옹졸해지는 내 마음은 내심 안심을 하고 있었다. 부메랑처럼 벌이나 실컷 받고 너무 아파서 나에게 와 주길 바라는 마음으로 답했었다. "네 잘못 없으니까 벌 받지 마."라고.

그를 떠올리며 하늘을 바라보면, 언제나 넓고 닿을 수 없던 그의 마음과 해풍처럼 짭조름했던 그의 미소가 떠오른다. 달을 유독 좋아했던 그 앨 떠올리며. 넓은 하늘이 그이라면 그 구석에 떠오른 달이 꼭 나와 같았던 적이 한두 번이 아니었다.

그건 사랑이 아닐 수도 있었다

그 애를 행복하게 하는 건 내가 아니라 나를 사랑해 주는 그 애의 다정한 마음이었다. 그때 그 애를 따듯하게 안아 준 건 내가 건네준 마음이 아니라, 그 애가 나에게 건네준 마음이었다. 내 덕에 행복하다 말해 주었지만, 실은 내가 해 준 것은 없었다. 그 애가 언젠가 나에게 보낸 사랑이 부메랑처럼 되돌아가 그를 행복하게 만들어 준 것이었다. 내가 사랑했던 것은 나에게 힘써 다정함을 주는 그 애의 마음일 뿐이었고, 그것을 아는지 쉼표 하나 없이 나를 사랑해야 하는 상대와 어느새 지쳐 있는 내가 있었다.

이윽고 나는 둘의 행복을 깨뜨릴 수밖에 없었다. 옳지 못한 행복이라 여겼고, 이젠 그와 내가 그르지 않게 사랑했으면 좋겠다고. 좀 더 나은 삶을 향해 서로의 길을 가길 바란다고. 도망치며 얄팍한 핑계를 되뇌었다.

사람은 때론 어떤 것으로부터 행복한 건지 자주 헷갈려했다.

사랑은 때론 뒤늦게 "사랑이었다." 깨닫게 되기도 하지만 언젠가부턴 "사랑이 아닐 수도 있다." 생각이 들기도 했다.

그건 정말, 사랑이 아닐 수도 있었다.

마음의 문제야

걸어서 5시간이 걸려도 만나고 싶은 마음이 있으면 어떻게 해서든 가는 게 사람이고, 택시 타고 10분이 걸려도 마음이 없으면 어떤 핑계를 대서라도 가기 싫은 게 사람 마음이야. 늦잠 자서 헐레벌떡 나가면서도 관심 있는 게 있으면 여유 만들어서 찾아보는 게 사람이고, 일찍 일어나 몇 시간이 비어도 관심이 없으면 거들떠보지 않는 게 사람이야. 왜 너만 몰라. 전쟁통에 먹고살기 힘들어도 사랑하면 껴안고 같이 죽자는 게 사람이야. 너무 극단적일 순 있겠지. 하지만 그래도 결국은 마음의 문제야. 얼마든 핑계는 있을 수 있지. 그래도, 결국 마음이 문제야. 다른 무언가에 밀렸고 다른 누군가에게 밀린 것뿐이야. 그런 상황이 계속된다면, 우리 더 이상 합리화하면서까지 아파하진 말자. 못 놓겠으면 그 사람을 조금씩 미뤄 두면 되는 거고. 그게 죽어도 안 되는 일이라면, 차라리 온전히 인정하고 아파하자. 그게 나아. 얼마나 슬픈 일이야. 나만 아니라고 생각하다 저 끝까지 밀려나 있는 게. 알겠지? 결국, 마음이 문제야. 사람 마음의 문제.

결국, 마음이 문제야.

사람 마음의 문제.

사랑으로서의 외로움

단지 혼자여서 외롭다는 감정이 든다면 실로, 외로움이 아닐 수 있다. 그건 엄밀히 말해 잡아 줄 이, 기댈 이 하나 없다는 쓸쓸함과 공허함에 가깝다. 진정한 외로움이란, 함께임에도 구태여 혼자인 기분. 그러한 감정의 구멍에 빠져드는 것. 둘이 나란히 걷고 있지만, 혼자인 느낌이 드는 것에 무감각해지는 감정의 익사 상태. 느껴 본 사람만 이해하는 짙은 감정. 사이가 멀어짐에서 나오는 것도 아니다. 사이와 사이가 더 이상 메꿔질 수 없을 때. 그 사이의 균열 안으로 깊이 빠지게 되는 것. 이런 나의 감정을 상대만 죽어라 몰라줄 때, 우리 사이엔 좁혀지지 않는 무언가로 인해 하나가 될 수 없는 불가항력이 존재한다. 서로가 쓸쓸했기에 이어졌지만, 온전히 합쳐질 순 없다는 어두운 앞날. 미래를 약속할 수도, 과거로 돌아갈 수도 없고 그렇다고 당장에 손을 놓지는 못하는 사람과의 만남을 직면했을 때, 사랑에게서 나오는 짙은 외로움을 느끼게 된다.

사랑이 가진 쓸모를 다하기 위하여

사랑과 관심에 너무 미치지 말 것

사랑을 주고받는 것은 나의 삶에 긍정적인 영향을 끼치지만, 사랑에 눈이 멀어 모든 부분을 소유하려거나 무조건적인 관심을 바라는 것은 옳지 않다. 둘이 하는 사랑에 나만 툭 하고 없어지는 결과에 도달하기 쉬우며, 괜한 억하심정과 미움만을 만들어 낼 수 있다. 나의 삶에 원만한 사랑을 위해선, 차고 넘치는 마음을 조절할 때가 필요하다는 것. 관심과 사랑에 미치면 결코 정상적인 만남의 영역에 미칠 수 없는 것이다.

냉정함보단 따뜻함이 먼저 나오는 것

사랑하는 이가 고민과 걱정을 털어놓은 직후에는 냉정한 조언을 되도록 피하는 것이 좋다. 내 생각과는 다른 것이 많고, 해결 방법이 눈에 선해도 먼저 공감하고 있음을 느낄 수 있도록 대해 주는 것. 냉정한 조언은 그 후에도 충분히 할 수 있지만, 당장 건네는 따뜻함은 가장 큰 조언으로서 포용될 것이다. 가장 가까운 이에게 부정적인 일을 공유하는 것은, 해결의 이유보다도 공감의 이유가 크기 때문이다.

이성보단 사람으로서 다가가고 안아 주는 것

이성적인 매력을 뽐내며 만남을 가깝게 만드는 것보다, 사람 대 사람으로서의 온기가 느껴지는 매력이 더 앞선다고 느껴지는 요즘이다. 더욱이 생에 몇 없는 진정한 사랑 앞에선. 여자 대 남자로, 남자 대 여자로 함께하자며 꼬드기는 것도 필요하지만, 결국 마음에 유착되는 끌림은 사람으로서의 안정과 다정과 사랑이다. 뭉툭하지만 가장 예리한 진심으로 다가가고, 주고받는 마음의 힘은 크다고. 놓치기 싫은 사람과의 멀어짐 또한 분명 적어질 것이라고.

얻으려 하기보다 포기하는 사랑

무언갈 충족하려고만 하는 사랑은 상대에게 심한 감정 소모를 느끼게 할 뿐이다. 사랑으로서의 가장 적합한 일인분의 역할은 충족을 포기하는 것에서 시작된다. 아이러니하게도 서로가 얻으려는 것을 포기하고 서로에게 주고만 싶어 함으로써, 각자가 가진 풍만은 나누어 가져가고 결핍된 부분은 상대로부터 받게 되는 것. 사랑은 요구하지 않는 심성으로부터 강하고 끈끈한 인력이 작용하게 된다. 포기하는 만큼 되돌아오는 것이 사랑이란 감정임을 기억할 것.

상대가 싫어하는 것을 눈여겨볼 것

만남을 지속하며 상대가 선호하는 취향에 초점을 맞추기 쉽지만, 그보다도 사소한 것에서부터 싫어하는 것을 기억해 주고 피하려는 노력을 한다면 사이는 쉽게 시들지 않을 것이다. 백번 잘해 준 모습보다 한 번 좋지 않은 모습을 기억하는 것이 사람이기 때문에. 좋은 것보다도 싫은 것을 기필코 기억하고 떠올리는 것이 사람이기 때문에. 상대가 좋아하는 것을 알아주는 것은 불타는 사랑을 만들어 주지만, 싫어하는 것을 알아주는 것은 식지 않는 사랑을 만들어 준다.

서로의 마지막 모습

사랑하는 누군가의 마지막 모습을 기억하는 건, 사진 찍는 것이랑 좀 비슷한 과정이에요. 셔터를 누르듯이 눈을 자꾸 껌뻑껌뻑하면서 눈물을 참아 냅니다. 그때마다 나는 그 슬픈 마지막 장면을 찍어 대요. 도저히 담아내기 힘들어서 애먼 눈물이 터져 버립니다. 그때, 잊기 힘든 감정과 장면이 마음속에 인화돼요. 나는 아주 선명한 슬픔을 마주할 것입니다. 꽤 시간이 흘러가면, 그제야 조금 까먹을 수 있게 되어요. 이젠 너무 많은 시간이 지나 빛바래져서 인화된 피사체가 흐릿해지거나, 수많은 기억 속에 고작 하나의 기억이 되어 버려서 어디에 있는지도 모르고 덮어 두고 살 수 있게 됩니다.

이별을 선고받았단 얘길 들으면 꼭 그 사람만을 딱하게 보았지만, 이젠 알아요. 보내 주는 이와 떠나가는 이 둘 다 무엇 하나 딱하지 않은 사람이 없다는 것을요. 마지막을 예고하는 사랑 앞에선 누구 하나 다를 거 없이 동등하게 아프고 슬프기만 해요. 이별을 고하는 사람도, 당해 내는 사람도. 그런 와중에도, 서로를 기억하고자 봇물 터지듯 자꾸 쏟아지려는 눈물을 참아 내며 서로의 마지막 모습을 간직하려 하겠죠.

껌뻑껌뻑.

이처럼 우리는 이별 앞에서 서로의 마지막을 기억합니다. 그러니 끝맺음 할 때의 모습을 신경 써야 할 것입니다. 사랑을 주고받았던 기억보다도 오래 남는 건, 그 사람과의 마지막 모습이니까요. 내 감정에 솔직하고, 언행에 신중을 기울여야 하죠. 사랑 앞에 거짓이 없어야 하고, 떠나가는 뒷모습을 두고 못된 말로 끝맺음 한다면 후회하는 건 나 자신이 될 것입니다. 거짓으로 상대를 위하는 척하지 말고, 괜한 여지를 남기지 않아야 해요. 이별을 말하든, 당하든 그 이별 앞에선 모두가 마지막 모습을 찍기 때문에. 마지막 모습이 오랫동안 보관될 사진이기에.

이제 남남일 사이에 마지막이 어떻든 무슨 상관이냔 말을 한다면, 사랑을 온전히 이해하지 못한 사람일 것입니다. 인화된 지 꽤 오랜 시간이 흘러 빛바래지면, 그때서야 헤어질 수 있는 것이거든요. 그러니까, 우리는 사랑하는 사람과 표면상으로 이별은 했어도, 오랫동안 헤어지는 중이고 상대도 나와 오랫동안 헤어지는 중인 것입니다. 당장은 서로

만나지 않더라도, 연락을 주고받지는 못해도, 서로의 마음속에서 오랜 시간 동안 간직한 마지막 모습이랑 서서히 헤어지고 있는 중이란 말이죠. 정말, 언젠가의 사랑이 끝났어도 서로의 마지막 모습과 더 긴 사랑을 시작하는 걸 수도 있습니다.

그러니 정말 사랑했다면, 애정했다면 마지막을 신경 써 주세요.

헛된 감정이었다 느끼지 않도록.

비록 헤어졌더라도 정말 사랑을 했다고,

마음을 온전히 나누었다고, 느낄 수 있도록.

시작이 아름다운 우리였으니, 마지막도 기어코 아름답기를 바란다는 마음으로.

마지막의 모습을 떠올리면 아직도 찬란했던 젊음이 생각난다고, 말할 수 있도록.

사랑은 과거의 이해일까

누군갈 애타게 사랑할 때마다 과거의 누군가가 이해되었다. 풀리지 않았던 그의 행동과 말 그리고 마지막. 좀처럼 알 수 없는, 유한하고 희미하지만, 무한했고 경계가 명확했던 다정들. 편지에 쓰여진 알 수 없는 애정의 단어. 사랑하지만 떠난다는 핑계. 힘들어하는 모습을 보이지 말아 달라고 부탁했던 입술. 자꾸 물으면서 울었던 표정이거나, 굳으면서 해방된 듯한 안면. 그때 그 사람은 왜 그랬을까 하는 것들을 내가 하게 되면서, 사람과 사랑과 만남을 배운다. 누군가의 심리와 행동을 완벽하게 이해하진 못하지만, 언젠가의 비슷한 사랑의 장면을 맞닥뜨리면서. 그때 왜 중얼거리며 이해하지 못할 불만을 쏟아부었는지. 비 오는 날 우산을 접고 왜 함께 맞으며 걷자고 말했었는지. 평소에 눈물도 정도 많은 사람이 어떻게 그렇게나 냉정하게 말할 수 있었는지. 어제까지만 해도 자꾸 간질이던 손으로 나를 밀어냈는지.

정말, 사랑은 곧 과거의 이해일까.

사랑했던 사람과 이별하고 가장 슬픈 것

내 이름을 세상 다정하게 불러 주던 유일한 사람이 사라진다는 것. 사소한 것에도 의미를 부여하던 그 사람의 사랑스러운 말과 행동이, 결국 전부 의미 없어진다는 것. 온 세상이 우리를 기억하고 있다는 것. 내가 잊으려고 발버둥 치지만 계속해서 보이고 들리는 그 사람과의 추억과 다정한 말들이 세상에 아직 많이 남아 있다는 것. 그를 만나기 이전의 내가 잘 기억나지 않는데, 단번에 그를 만나기 전의 나로 돌아가야 한다는 것. 그래서 이젠 다시 사랑을 맞이하기에 앞서 겁부터 나는 것. 무엇이든 주고받는 게 선뜻 두려워지는 것. 사랑이라 믿었던 마음까지 부정해서 사랑이 아니었다고 생각하게 되는 것. 그 사랑이 진솔한 것이었든 아니든 소중히 간직하고 싶은 마음까지 오염되어 버리는 것. 나만 오래 아파하는 것 같아서, 그 사람이 나보다 더 오래 아팠으면 바라고 있는 것. 가장 행복을 바라던 사람의 행복을 저주하는 날이 오게 되는 것. 그럴 때 내가 참 한심해 보이는 것.

사랑하는 사람과 이별하고

가장 슬픈 것.

다시 사랑하기가 겁이 나는 것.

이젠 부질없다 해도
이미 소중해져 버린 것이 있잖아

바다에 가면, 친구들과는 좋은 추억 쌓고 오고 나에게는 예쁜 몽돌 하나 가져와 달라던 네 작고 순수한 마음이 생각난다. 그리고 한적한 몽돌 해변에서 네게 가져다줄 작은 돌멩이를 찾던 순수한 내가 있었지. 그 많은 돌 중에서 초록 빛깔 투명한 돌을 찾곤 혹시 우리는 모르는 보석이 아닐까 주워 주머니에 넣어 두었다. 하지만 여행이 끝나서 돌아와 보니 어디서 잃어버렸는지 없어져 있더라. 안타깝게도 너에게 건네주기 전에, 잃어버리고 말았지. 네 앞에서 울상을 지으며 그 돌 정말 예뻤는데 혹시 보석일지도 몰랐는데… 잃어버렸다고… 미안하다며 연신 한숨을 내쉬는 나를 보고 넌 말했어.

"재미있었어? 난 괜찮아. 그건 원래 거기에 있을 돌멩이였나 봐. 다음엔 나랑 같이 가서 그거 같이 찾아오자."

너에게 바다를 주고 싶었지만 내가 줄 수 있는 건 작은 돌멩이뿐이라 미안했다. 근데 그것마저 보여 주지 못하는 나라서 참 한심하다 생각이 들었어. 그 몽돌은 진짜 예뻤거든.

…며칠 전엔 낡아 버린 가방을 버리려고 지퍼를 열어 거꾸로 탈탈 터는데 오래전에 주지 못했던 몽돌이 톡 하고 떨어지더라. 그땐 그렇게 찾아도 없더니 왜 이제야 나오는 건지. 사람 사는 게 참 이상하게 흐른다 생각했다. 이거, 이미 헤어진 지 오래인 너에게 줄 수도 없고 이젠 딱히 자랑할 사람도 없고 해서 책상 위에 덩그러니 두었는데 엄마가 뭐냐고 묻더라. 예전에 바다에서 주웠는데 보석인가 싶어 가지고 있다 하니까 엄만 이게 버려진 유리 조각이 닳고 닳아서 돌처럼 둥그러진 거라더라. 참 묘해. 특별하다 생각했는데, 아주 별거 아닌 거였다는 게. 너에게 주려던 거. 가장 예쁜 거 주고 싶어 진짜 열심히 찾은 건데 고작 버려진 유리 조각이었더라.

나 아직도 그 둥글러진 유리 조각을 버리지 못하고 살아. 다신 잃어버리지 않겠다며 가장 잘 보이는 곳에 두고 가끔 확인하고 산다. 값어치 없는 거지만, 너에게 보여 주지 못한 마음이라 생각하면 꽤나 값진 마음 아니었을까 하고.

그래, 부질없는 거겠지. 그치만 그렇잖아. 결국 부질없어진 것이라도 이미 소중해져 버린 것이 있잖아. 보석이라 생각했지만 유리 조각이었던 것은 언제나 우리의 삶에 넘쳐흘렀겠지. 너와 나처럼 말이야. 근데 어떡하겠니. 이미 소중해져 버렸잖아. 그게 뭐였든 나에게는 값진 것이 되어 버렸으니까. 그래, 이거 꼭 너와 나처럼 부질없다 해도 이미 소중해져 버린 것 같아서 못 버리고 살고 있다. 엄만 혹시 떨어져서 깨지면 위험하니까 버리라는데, 난 깨지지 않게 하겠다며 잘 간직하고 그렇게 살고 있다. 내가 너에게 이걸 전해 줬다면 너도 나랑 같은 마음으로 살아가고 있겠지.

걔랑 왜 헤어졌어?

아, 그 애 말이죠. 그런 질문은 너무 식상해요. 헤어짐에 이유는 오직 사랑하느냐, 사랑하지 않느냐뿐 다른 건 없잖아요. 왜 헤어졌냐보단 어떻게 헤어졌냐만이 남아 있겠죠. 만난 시간이 무색할 만큼 덤덤했어요. 하지만 또 진실했고요. 마지막에 그이는 서로 선물해 준 것들은 버리지 말자고 했어요. 커플링도, 사진도, 옷도, 편지도. 난 굳이 이유를 묻지 않았어요. 그건 그때의 우리가 줄 수 있는 가장 따뜻한 마음이었단 걸 알고 있기 때문이에요. 나는 답으로 다음 사랑이 와서 버려야 할 때가 오면 택배로 보내 주자고 했어요. 그 애 또한 이유를 묻지 않았어요. 서로가 선물한 그 다정함, 괜찮아지면 다시 제자리로 되돌려 놓고 싶은 마음을 알기 때문이겠죠.

우리는 골목 한 귀퉁이를 두고 서로의 그림자를 빤히 바라봤습니다. 서로가 가지 못한단 걸 알면서도 얼굴은 마주하지 않았죠. 그 몇 분이 우리가 만난 지금까지의 시간보다 좀 길게 느껴졌어요. 그렇게 한동안의 귀퉁이에 머무르며, 부디 나 먼저 택배를 받았으면… 하고 소원 같은 걸 빌었어요.

헤어짐을 다짐하고도, 수많은 이별을 거듭했던 사람이었습니다. 근데 정작 마지막을 떠올려 보니 싱거웠네요. 꽤 시간이 지난 지금도 택배가 오지 않는 걸 보면 살짝 마음이 아려요. 아직 새로운 사랑을 못 찾은 걸까. 슬픔에 갇혀 사는 걸까. 애먼 걱정이 들어옵니다. 미련은 결코 아니에요. 난 그 앨 더 이상 사랑하진 않아요. 다만, 서로가 서로보다 더 많이 행복하게 살았으면 하는 우정 같은 게 우리 사이엔 있었거든요. 단지 그것뿐이에요. 압니다. 그이는 이미 나를 잊고 살고 있겠죠. 너무 행복해서, 나에게 물건들을 다시 보내야 한다는 것조차 까먹고 살고 있겠죠. 한때의 부질없는 주접이었다며 생각할 수도 있겠죠. 그건 또 그것대로 아픈 사실이겠네요. 그러니 어떤 의미로든 택배가 오지 않았다는 사실은 가끔씩 마음 한편을 아릿하게 만드는 것 같아요.

정말 사랑은 아니고 그냥 우정 같은 게 남아 있어서 그래요. 정말 그것뿐이에요.

4부

잘했고 잘하고 있고 잘될 것이다

이겨냈고 이겨내고 있고 이겨 낼 것이다

당신의 열정은 여전한지요.

당신의 과정은 괜찮았는지요.

당신의 소중한 사람들은 곁에 있는지요.

또 당신의 소중한 그 어떤 것은

여전히 안녕한지요.

단 하나의 차이가
전부

10, 100. 겨우 한 글자 차이지만 10배의 차이가 있습니다.

날, 달. 겨우 한 획 차이지만 30배의 차이를 가지고 있습니다.

우리는 자주 잊고 살지만 하나의 변화와 하나의 공백 그리고 하나의 추가는 꽤 많은 차이를 불러일으킵니다. 그 작은 차이의 중요함을 잊고 사는 이유를 말하자면, 하나의 핵심이 이루어 낸 결과의 차이는 10배, 30배 정도가 나기에, 결과의 크기만 와닿기 때문입니다.

결과만 눈에 보이니, 자주 두렵고 자주 아프고 자주 허황됩니다. 당신이 크게 두렵고 지치는 이유는 주변의 탓도 아니고, 상황의 탓도 아닙니다. 고작 한 획 정도의 생각 때문이 아닐까 합니다.

변화하기 전 변화의 방대함이 두렵다면, 두려울 필요 없는 것이었습니다. 대충 보아도 30배 정도의 변화라 한들 핵심은 겨우 한 가지일 수 있으니까요. 또 가진 것을 많이 잃었단 생각에 무너질 필요 없는 것입니다. 엄청난 것을 잃었다 한들 핵심인 한 획만을 잃었을 수 있으니까요. 그러니 또 누구보다 많이 있다 자랑할 필요 없습니다. 단 하나를 잃어, 많은 것이 증발해 버릴 수 있으니까요. 그렇다고 또 너무 쉽게는 생각하지 않기로 합니다. 그 하나를 알기 위해선 모든 것을 거슬러 올라가야 할 만큼 고된 일이 될 테니까요.

우리의 삶은 늘 변화를 요구할 것입니다. 때로는 많은 것을 놓아 주어야 하고, 때로는 벅찰 때까지 채워 넣어야 합니다. 하지만 그 상황 자체가 힘든 것보다, 너무 어렵게 생각하는 내가 상황이 힘들어지도록 몰아갈 때가 많습니다. 나는 생각을 하는 사람이니, 나름 편한 대로 생각할 수도 있었습니다. 그걸 굳이 어렵게 생각하려고 노력한 건 아닐지요.

힘들고 벅차 보일 때에는 한 발 물러서, 결국 단 하나의 차이일 것이라 믿어 주면 급한 마음이 조금 여유로워집니다. 좋은 일이 있어 과분할 때에도 한 발 물러섭니다. 단 하나가 많은 걸 빼앗아 갈 수 있다는 긴장은, 그 과분함이 오래 함께할 수 있도록 돕지 않을까 합니다.

언제나 그랬듯 우리는 여전히 결과를 응원할 것입니다.

하지만 어느 때엔 결과 이전의 것들을 응원하는 편이 옳습니다. 우리는 언제나 많은 것을 잃거나 잊어버릴 수 있지만 결과가 있기 전, 그 어떤 중요한 것과 마음이 여전하기를 응원한다면 나의 착잡한 하루가 조금은 맑게 갤 것입니다.

한 획과 한 글자는 실로 어마어마한 결과를 가지고 옵니다.

그러니 오늘, 결과 이전의 것들을 물어봅니다.

당신의 열정은 아직도 여전한지요.

당신의 과정은 괜찮았는지요.

당신의 소중한 사람들은 곁에 있는지요.

.
.
.

또 당신의, 소중한 그 어떤 것은 여전히 안녕한지요.

나를 찾아라

러시아에 유학을 갔다 온 친구는 말했다. 유학을 가서 가장 놀랐던 점은 그들의 시선에 있었다고. 한국에서 사람을 만나면 "무슨 일 하세요?" 부터 "어디 학교 나왔어요?" 까지 상대의 소속 집단에 대한 물음이 가득하지만, 유학을 간 먼 나라에서 사람을 만나면 가장 먼저 '나'에 대해서 궁금해한다고 했다.

"넌 무엇을 가장 좋아해?", "나는 이런 거 좋아해." 같은. 그들은 '나' 혹은 '너'에 집중하지 '우리', '그들'에는 별 관심이 없어 보이는 눈치였다고.

본토에 돌아와 다시 한 번 느꼈다고 한다. 우리가 소속된 집단과의 연관성에 지대한 신경을 쓴다는 것. 그만큼 나 자신보다 내 주변을 더 많이 의식한다는 것도. 그게 꼭 나쁜 것만은 아니다. 사회 안에서의 우리가 유독 잘 응집될 수 있는 이유이기도 하니까. 유대가 계속 이어지는 이유이기도 하니까. 하지만 모든 것에는 양면성이 존재한다. 주변에 신경을 곤두세울 동안, 자신의 존재는 희미해지기 마련이고, 내가 없는 우리에선 그 유대가 빠르게 식고 지루해지기 마련이다. 그만큼, 내 존재와 주변에 대한 회의감이 늘어날 수도 있는 것이다.

우리가 숨 쉬는 사회에선 내가 없다면 완성되지 않을 것들에 '나'라는 존재만 쉽사리 없어지곤 한다.

언제부턴가 '소속'이 전부가 되어 타인을 너무 의식하고 사는 건 아닐까.

'나'와 '너'는 어디로 가고 '그들'만 남게 되었을까.

어쩌면 이 각박한 사회에서 끈끈한 결속을 위해 달려가겠지만, 끝은 '월리를 찾아라!'처럼 눈 부릅뜨고 나를 찾아야 하는 숙제 같은 것이 남아 있다는 느낌이랄까.

이상과
현실

이젠 안다. 관계가 마음만으로도 이어질 수 있다는 이상에서, 관계는 마음만으로 어떻게 할 수 없다는 현실을. 노력만 하면 다 될 수 있다는 이상에서, 노력을 해도 덜 될 수 있다는 현실을. 저도 모르게 껄끄러운 과정을 통해 현실을 깨닫는 순간이 온다. 그때, 우린 꽤 닮아 있다는 걸 깨우친다. 어쩌면 세상에 사포질이라도 당한 것처럼.

흔들리는 나를
꽉 잡아 주는 말들

잘했고 잘하고 있고 잘될 것이다

지금 나의 상황을 애써 부정으로 몰아간다고 가정해 보자. "나는 못했고 못하고 있고 못할 거야."라고. 아무리 잘되고 있는 일이라도 망쳐질 게 뻔하다. 내 생각은 곧 말이 되고, 말은 곧 행동이 되며, 행동은 곧 내 하루이고, 하루가 모여 삶이 이루어진다. "잘했고 잘하고 있고 잘될 것이다." 이야기하고, 그 문장에 부끄럽지 않게 정진하는 것만이 지금 상황을 타개할 수 있는 방법이다. 분명, 잘할 수 있을 것이다.

화날 때는 대답을 하지 말자

인터넷에 떠도는 글을 읽었다. '에스키모인은 화가 나면 무작정 걷는다고 한다. 아무 말 없이 화가 풀릴 때까지 얼음 평원을 걷는다. 그렇게 한참을 걷다 화가 다 풀리면, 멈춰 서서 걸어온 길을 다시 걸어 되돌아온다고 한다. 돌아오는 길은 뉘우침과 이해와 용서의 길이다.' 말 그대로, 화날 때는 아무것도 하지 않는 것이 자신에게 이롭다. 같은 말도 고조된 상태에서 뱉으면 제대로 전달되지 않는다. 깊은 생각 후에 말을 뱉고 행동을 해야 후회가 적고 되레 득으로 돌아온다.

어떻게 살아도 욕은 먹는다

누군가에게 미움받아 흔들리고 있는가? 누군가의 뒷담화에 밤잠 설쳐 가며 화내고 있는가? 모두 그들이 원하는 것일 뿐이다. 명심해야 할 것은 성인군자라 하더라도 누군가의 비난을 받았고, 잘난 사람일수록 시기하며 모함하는 사람이 많다는 것이다. 과거부터 현재까지 늘 그래 왔고 앞으로도 그럴 것이다. 값없는 미움에 무너지지 않는 것이, 그들에 대한 가장 현명한 복수가 될 것이다. 같잖은 미움에는 딱 그 정도로만 대처해 주는 편이 옳다.

내 인생이 재미없으면, 남 인생 얘기나 하면서 놀게 된다

오늘 당장, 재미있게 살자. 꼭 오락적인 재미를 추구하자는 것이 아니다. 기억에 남을 만한 멋진 말을 마음에 자주 두며, 당당히 말할 수 있는 것 하나쯤 이뤄 보고, 평생 안줏거리가 될 만한 미친 짓도 한 번씩 해 보고 살자. 숱한 다짐이 있었지만 아직 이뤄지지 않았다면 '내일부터'라며 미뤄 온 나의 나태함 때문이라는 것. 다시 다짐하고 그 무엇 하나라도 시작하여 나의 인생에 집중할 것. 정말 재미있는 삶을 살아가길 바라며.

지금이니까 그렇겠지, 좀 지나면 괜찮을 거야

시간이 해결해 준다는 말은, 당장이 지치고 아픈 나에겐 씨알도 먹히지 않는 위로이다. 우리는 그 잠깐의 시간을 견디기 힘들기에 아픈 것이다. 그러니 "시간이 약이다.", "시간이 해결해 준다." 모두 마음으로 와닿지 않을 걸 안다. 다만, 기억하자. 단지 지금이니까 그런 거라고. 아픈 건 부정하지 않겠다만, 나중을 이야기하진 않겠다만, 그냥 지금이니까 그런 것이다. 마음껏 아프고 슬퍼해 줄 것. 나중엔 느끼고 싶어도, 멀어져서 희미한 감정들이 될 것이다. 지금이니까 그렇겠지. 좀 지나면 괜찮을 거야.

내일의 나에게 맡기기로 합니다

'치열하게'라는 의미를 가진 단어들을 떠올려 보기로 합니다. '경쟁', '혈투', '열망' 따위의. 표면적인 의미와는 반대로 떨어지면 끝이 보이지 않는 절벽에 몰린 느낌이 떠오릅니다. 진퇴양난進退兩難, 배수지진背水之陣 같은 사자성어도 있겠습니다. 대략 도망칠 곳이 없어 애써 싸워내야 하는 상황을 뜻합니다.

그런데 가만 보니 이 시대의 삶은 진퇴양난일 상황도 배수지진일 상황도 많지는 않습니다. 굳이 삶 전체로 보지 않고, 오늘만 보더라도 그랬습니다. 매일을 그렇게 치열하게 싸울 필요는 없었습니다. 내 앞에 나의 목숨을 위협하는 적이 있는 것이 아닐뿐더러, 도망치는 나의 걸음을 죽일 듯 뒤쫓는 척후병이 있는 것도 아닙니다. 무엇보다 나에게는 든든한 지원군이 있었습니다. 다름 아닌 내일의 나입니다. 아, 생각해 보니 내일의 나는 아주 든든한 지원군입니다. 오늘 하루, 설렁설렁 살더라도 내일의 내가 해결해 줄 일들이 아주 많습니다.

이 글을 본 오늘만큼은 내일의 나를 믿고, 그렇게 치열하게 애쓰지 않기로 합니다. 애초에 지금 피나는 노력이나, 혈투에 가까운 열정을 쏟아붓는다고 해서 해결될 일이라면 오늘은 반만 치열하게, 내일도 반만 치열하게 해도 고작 하루 차이로 해결됩니다. 하루 늦는다 해서 내가 나락에 떨어지는 것도, 누군가 죽일 듯 쫓아오는 것도 아닙니다.

알고 있습니다. 매일을 이렇게 생각하며 살아갈 순 없겠지요. 하지만 이걸 보고 있는 지금만큼이라도 무책임하게 내일의 나에게 맡겨 보기로 합니다. 그런다 해도 목표의 종착점까지 남은 거리는 크게 달라질 것 하나 없기 때문입니다. 우리의 삶은 하루하루가 모여 완성된다곤 하지만 모든 하루하루가 다 기억나진 않는 것처럼, 어느 때는 잠시 잊고 내일에 맡겨도 인생에 지울 수 없는 오점이 생기는 것은 아니니까요.

그동안 치열하게 달려온 당신이기에, 오늘만큼은 내일의 나에게 맡겨 보기로 합니다.

일생에 단 한 번뿐인 날

크리스마스에 딱히 약속이 없어 집에서 원고를 붙잡고 종일 앉아 있습니다. 도중 근처에 사는 지인에게 연락이 왔습니다.

“메리 크리스마스. 뭐 하고 있어?”

“메리 크리스마스. 나 그냥 집에서 일하고 있었어.”

“할 일 없으면 나와, 다 같이 술 한잔하게.”

“음… 나 원고 마감이 급해서 집에 있어야 할 거 같아.”

“그래도 일 년에 하루뿐인 날인데 아깝잖아. 나오지 그래.”

사실 나가고 싶은 마음이 아주 없는 건 아니었습니다. 그치만 오늘 같은 날에 나가 봤자 사람에 치일까 싶어, 아늑한 방에서 커피 한잔과 함께 원고를 퇴고하기로 맘을 먹습니다. 친구에겐 미안한 일이지만, 다음에 술 한잔 사겠다는 이야기를 건네며 마무리합니다.

괜한 아쉬움이 듭니다. “맞아…. 일 년에 딱 한 번뿐인 날인데 나갔어야 했나?" 하고요. 잠깐, 그러고 보니 어제도 일 년에 단 한 번뿐인 날 아니었던가요. 하루 전의 12월 24일도, 한 달 전의 11월 25일도 1년에 하루뿐인 날이었습니다. 그러고 보니 1년을 논할 것이 아닌 거 같습니다. 오늘, 그러니까 올해 12월 25일은… 인생에 한 번뿐인 날입니다. 하루 전의 12월 24일도, 한 달 전의 11월 25일도, 그리고 곧 찾아올 바로 다음 날 12월 26일도 인생의 단 하루뿐인 날이었습니다. 참, 이렇게 생각하니 끝이 없습니다. 이 글을 끄적이고 있는 지금 이 순간도, 아니 또 이러면서 지났을 1초 전도, 전부 일 년을 넘어 일생에 한 번뿐인 시간입니다. 되돌리지 못하고, 돌아가지 못합니다. 어쩌면 당연한 일임에도 순간 잊고 살았습니다. 지나가면 돌아오지 않는다는 것, 모든 하루는 일 년에 하루뿐인 날이며 모든 순간은 일생에 한 번뿐이라는 것.

마음이 무거워집니다. 영영 되돌리지 못할 하루를 지금도 보내고 있었습니다. 하루의 문제가 아니었습니다. 이 순간순간 전부 되돌리지 못할 것들이었습니다. 하지만 한편으론 또 마음이 가벼워지기도 합니다. 특별해서 지나보내기 아쉽다 느꼈던 모든 날들, 전부 보통의 날과 같은 하루였습니다. 시간 앞에 모든 사람이 공평하듯, 모든 날들도 공평해집니다. 특별히 아름다울 날도, 행복할 날도,

슬플 날도, 특별히 힘들 날도 단 한 번뿐이며 다시 반복할 수 없는 것이 되겠죠.

당연하지만 특별한 말이 떠올랐습니다. 앞으로 누군가 '일 년에 한 번뿐인 날'이라며 어느 기념일에 의미를 가중한다면 답해야지 생각합니다. 모든 날은 일생에 한 번뿐이라고 말이죠.

이걸 보고 있는 당신의 휴일은 어땠는지요? 그 한 달 전은 어땠는지요? 둘 다 일 년에 한 번뿐인 날인데 왜 우리는 의미를 부여하고 의미에 맞춰 살기 위해 애쓰고 있는지요. 모든 하루는 동등합니다. 덧없이 지나가고 덧없이 머무르며, 동등하게 특별하고 동등하게 별거 없습니다. 아주 무겁기도, 또 가볍기도 한 사실입니다.

시간 참 빠르다고 느껴졌던 순간들

◇ 십년지기라는 말. 꽤 나이 들어서나 쓸 줄 알았는데 어느 순간 내 주위엔 십년지기 친구들이 있더라. 다 예전 모습 그대로라고 생각했는데, 예전에 찍은 사진들을 들춰 보니 앳된 우리가 거기 있더라. 생각과 지혜와 지식의 속도보다 세상이 가진 시간의 속도가 더 빠르게 흘러가는 기분. 난 아직도 그들을 만나면 학창 시절의 철없는 모습만이 나오기 마련인데, 삶은 진중하고 무게 있기를 원한다.

◇ 평소엔 잊고 살았는데, 오랜만에 고향에 가면 주름이 더 늘어 버린 엄마 아빠. 그들의 세상은 나의 젊음보다 더 빠르게 흐르는 걸까? 속절없이 지나가는 시간이 밉다. 조금이라도 시간이 늦게 흘렀으면 하는 간절한 마음.

◇ 예전에 하던 놀이는 민속놀이가 되었고, 한때 자랑이었던 전자 기기들은 어떻게 생겼는지도 모르는 사

람이 태반이더라. 한때 청춘의 상징이었던 연예인 이름을 모르는 사람이 많아지고 있다. 이렇게 나의 세대가 추억에 잠기면서, 새로운 세대가 떠오르는 건가 싶더라.

◇ 주변에서 결혼 소식이 자주 들린다. 결혼은 어른들이 하는 거라고 생각했는데. 꼭 결혼뿐 아니라, 경조사 소식이 나에게 직접적으로 들어온다. 아는 친구는 벌써 애가 말을 할 정도로 컸단다. 누가 봐도 어른인 나이가 되었구나, 싶다.

◇ 나도 모르게 예전 이야기가 대화의 주를 이룬다. 이러다 '나 때는 말이야~.' 반복하는 사람이 되어 있을까 조심스럽지만, 젊었을 때 있었던 일만큼 떠들기 쉽고 재미있는 이야기가 어디에도 없다. 아버지의 오래된 팝송 취향처럼, 그때 그 시절 머물렀던 취향들로 나의 말들이 이루어지는 것 같다.

◇ '젊음'이라는 단어가 제법 어울리지 않는다. 아직 젊으니까. 한창이니까. 따위의 말로 스스로를 위로하던 나는 어디 가고 조바심만 가득하다. 젊음이 이젠 먼 옛날 이야기 같고, 낯설게 느껴질 때. 청춘이란 이제 나의 이야기에서 이미 지나간 페이지라고 자꾸 느껴질 때.

나의 맨 앞

사람은 태어나서 가장 먼저 웁니다. 응애응애.

가장 먼저 배우는 단어는 엄마입니다. 웅얼웅얼 움마.

슬퍼서 운 것도 아니고, 애타게 찾은 것도 아니지만 그냥 태어나 보니 그런 것들이 맨 앞에 있었습니다.

무기력하게 우는 일이, 힘들 땐 엄마를 찾는 일이 부끄러운 일일까요?

나는 언제부턴가 엄마를 찾으며 울기를 부끄러워했지만, 나의 삶은 늘 그런 것들이 맨 앞에 있던걸요.

우리의 맨 앞엔 용맹함!이 없습니다.

호랑이! 같은 기운도 없었죠.

그저 나약함…이 존재합니다.

우리는 맨 먼저 약해 빠졌습니다.

…오늘만큼은 강한 척하지 않아도 된다는

아주 작은 위로입니다.

가끔씩은 그래도 괜찮습니다.

우리는 완벽하지 않은 의자처럼 살아갑니다

여기 의자가 하나 있습니다. 무게는 얼마 되지 않지만, 사람의 몸무게를 감당할 만큼 튼튼합니다. 의자의 다리는 같은 간격마다 같은 길이로 설계되어 있기 때문이죠. 힘이 고루 전달되어 자신보다 몇 배는 더 무거운 무언갈 지탱할 수 있습니다. 이 간격이 조금이라도 어긋나거나, 한쪽 다리가 어떤 이유로 짧아진다면 쉽게 균형을 잃고 금세 무너집니다. 무언갈 지탱하긴커녕, 제 몸 하나 가누지 못할 만큼 비실거리기 마련이겠죠.

어쩌면 우리는 이 의자와 평행한 삶을 살아갑니다. 일, 사랑, 우정, 의, 식, 주… 이러한 것들이 한데 모여 나를 이루고, 삶의 균형을 이룹니다. 이 중 무엇 하나라도 어긋나면 자주 흔들리거나 무너질 것 같죠.

즉 어떤 무게를 견딜 수 있는지는 그 균형에 달린 거지, 나를 짓누르는 시련의 크기에 달린 건 아닐 수 있단 겁니다. 물론 그 크기가 큰 만큼 더 위태롭겠지만, 핵심은 균형일 겁니다.

그렇기에 우리는 완벽하지 않은 의자처럼 흔들립니다. 완벽한 균형을 맞추며 사는 것은 불가능한 일이기에 우리는 미완이라는 고충을 안고 아주 조금씩 조금씩 휘청이며 살아가고 있습니다. 인생은 누군가에 의해 설계된 것이 아니고, 제 스스로 만들어 가는 것이기 때문입니다.

곧, 흔들리며 살아가는 우리가 이상할 것은 없다는 말입니다. 별다른 일이 없어도 그냥 휘청일 수 있습니다. 아주 어처구니없는 일에도 무너질 수 있습니다. 당신이 짊어진 짐의 무게와 상관없이, 당신의 흔들림은, 그로 인한 힘듦은 마땅한 일입니다.

이렇게 작은 일로도 수시로 흔들리고 있다는 것, 오히려 다행일 수도 있습니다. 그런 일련의 휘청거림이 없다면 우린 무엇이 문제점인지 어디서부터 잘못되었는지 인지하지 못하고 살아갈 것입니다. 하루하루 휘청이며 균형을 교정해 가는 것이 우리네 삶이 가진 성질입니다.

흔들리는 건, 그 원인의 크기보다 균형의 문제라는 것.
우리는 설계되어 있지 않으니,
흔들리며 살아갈 수밖에 없다는 것.
당신의 힘듦은 그럴 이유가 아주 충분하다는 것.
그러니 누군가의 말에 흔들리며
자신을 나약하게 생각하지 않아도 된다는 것.

삶이란 각자의 경험을 토대로
스스로 교정해 나가는 과정이라는 것.
그러니 모든 휘청임은 내 삶을 완성하는 것에
일원으로서 역할을 다할 거란 것.
잊지 않기로 합니다.

어른이 되고 있다는 증거

관계관 확립

친구라는데, 내가 지금보다 못나지면 곁에 없을 것 같은 관계는 적당히 거리 두는 편이 낫고, 내가 잘될 때 겉으로라도 축하해 주긴커녕 질투가 새어 나오는 사람이라면 아예 없는 편이 낫다는 것을 느낀다. 시간이라는 정화 장치를 통해 나에게 있어 깨끗한 사람들만 남는다. 누군가 떠난다고 내가 버림받는 것이 아님을 이해하게 된다. 애써 붙잡던 관계들이 있다가도 없는 것이라 느껴질 때, 괴로운 것보다 좀 외로운 편이 백번 낫다 생각이 들 때, 관계에 휘둘리며 나를 잃지 않는 성숙한 사람이 된다.

인정한다는 합리화

내 그릇 이상의 큰 꿈을 품으며 걱정을 달고 살 필요 없다는 것을 느낄 때가 있다. 자기 합리화일까. 한계를 어느 정도 인정하는 것일까. 아무렴 좋다. 아주 작은 성취로 만족하는 삶은 도리어 아름다울 수 있다. 삶의 가득했던 열망을 내려놓고 다른 곳에서의 만족을 더 값지게 생각할 때, 우리는 더 중요한 무언가를 놓치고 살았음을 깨닫게 된다.

판단력과 절제력

나를 망치는 것들을 걸러낼 수 있을 때 진정한 어른으로 거듭난다. 머리를 쥐어뜯거나 손목을 긋거나 하는 것만이 자해가 아니란 것을 알게 된다. 나를 좀먹고 있는 낡은 습관이나 관계, 환경을 외면하지 않고, 인정하며 바꾸려고 노력할 때. 절제력과 판단력이 늘어가는 것을 느낄 때. 삶은 저 높은 정상으로 올라가는 것보다 적정선을 지키며 조절 가능할 때 큰 안정을 느낄 수 있음을 알게 된다.

군중 속 외로움

혼자여서 외로운 것보다 더 외로운 것은 함께여도 외로운 것임을 마음으로 이해하게 될 때다. 사람과 관계에 대한 희망과 기대를 품는 것이 과연 내 삶을 다채롭게 만들까 하는 회의감이 들 때. 예전에는 혼자가 외롭고 두려워서 관계를 구축했지만, 그랬던 것이 외려 제 무덤을 스스로 판 격일까. 관계 안에서의 외로움이 더 두려워질 때, 군중 속 외로움이 진정한 외로움이라 느껴질 때, 자신을 외로움 안에서 가장 잘 지켜 낼 줄 아는 사람이 된다.

을의 태도

깊은 관계에서야 그런 게 있겠냐만, 사회생활 속에서의

많은 상황에선 호의를 건네준 순간 아쉬워지는 쪽이 '나' 일 때가 많다는 것을 눈치챘을 때가 있다. 그것을 이해하고도 주게 되는 것, 어쩔 수 없이 을이 되어야 하는 것들이 있다. 금전, 물건, 마음, 일 등등. 예전엔 주고 나니 태도가 바뀐다며 분을 참지 못했는데, 이젠 안다. 그래서 주기 전에도 태도를 바르게 하고, 주고 나서도 알아서 비위를 잘 맞추게 된다. 상대가 돌변하면 그냥 인성이 덜 되었나보다, 저러다 넘어지겠지, 하며 잘 넘길 때. 오고 가는 마음속에서 나의 위치를 잘 인지할 수 있을 때, 우린 어지러운 사회에 적당히 적응한 사람이 된다.

이해와 존경

배 나왔고, 게으른 거 같고, 꼰대라고만 생각했던 어른들이 대단해 보일 때. 물론 모든 면에서 그들이 대단하다고 열광하는 것은 아니다. 무조건적인 긍정으로 바뀐 것도 아니다. 여전히 이해가 안 되는 것이 많고 불만일 때가 숱하지만, 그럼에도 그들은 대단하다고 느껴질 때가 있다. 이 힘든 것들을 전부 인내했으며 나아갔고 대담하다. 그만큼 어느 불안과 부당에도 그러려니 하며 그 속에서 자신의 이득을 잘 챙긴다. 나도 그들처럼 진짜 어른일 수 있을까 생각이 들 때, 우린 어느 시련과 부당함에도 적당히 배우며 나아갈 수 있는 사람이 된다.

영욱아
이거 꼭 기억해야 한다

엄만 네가 꼭 금연도 하고 술도 적당히 마셨으면 좋겠다. 귀찮더라도 보낸 반찬으로 밥도 꼬박꼬박 챙겨 먹고. 바쁘겠지만 시간 내서 운동도 좀 하고. 건강 잃으면 다 끝이야. 건강해라. 그 어느 대단한 일이라 해도 네 귀중한 몸 망가뜨리면서 이뤄야 할 일 전혀 없다. 네 몸 망가지면서 붙잡고 있을 일 하나 없고, 사람 하나 없는 거고. 네 몸 망가지면서까지 미워할 사람도 전혀 없는 거고. 네가 가장 소중하고 귀중해. 세상 어디 들춰 봐도 너보다 소중하고 귀중한 건 없어. 망가뜨리지 말고, 함부로 대하지 마라. 건강하지 않으면 그 무엇도 부질없는 거야. 괜히 와서 또 잔소리만 늘어놨네. 엄마 마음 알지?

엄마도 엄마가 처음이었을 텐데

엄만 가끔 나는 기억 못 하는 어렸을 적 가난이나, 나에게 저지른 잘못 같은 것을 이야기하며 고해의 눈물을 흘렸다. 나는 기억도 나지 않는다며 괜찮다고 말해도, 아니라며 또 울었다. 똑똑한 영욱이가 기억 못 할 정도면 얼마나 잊고 싶었던 거냐고. 몇 번이나 쬠쬠 비슷한 손짓으로 내 손을 꼬옥 하고 쥐었다 폈다 만지작거렸다.

나는 어릴 때 혼나면 손에 힘이 들어가지 않았다. 애써 쥔 연필이 부들거릴 정도로 손에 힘이 없어졌다. 엄만 날 혼내고 나서, 늘 그것을 마음 아파했었다. 지금 엄마의 손아귀가 그런 것일까. 엄만 엄마의 과거로부터, 후회라는 것으로부터 혼나고 있는 것일까. 엄마도 엄마가 처음이었을 텐데. 내가 엄마였어도 그녀처럼은 잘 살아 내고 키워 주지 못했을 텐데. 아무 죄 없는 울 엄마의 손아귀가 너무 약해진 것 같아서 마음이 아프다. 사람은 살면서 저지른 일에 대한 후회 때문에 점점 손아귀에 힘이 들어가지 않는 것일까. 어떻게 살아도 가득한 후회라면, 우리 삶의 초행길은 어떻게 극복해야 하는 것일까.

누군가의 소유가 된다는 건

옛날에, 그러니까 내가 아주 어릴 때의 일이다. 울 엄만 말했다.

"아들 그거 아니? 너 애기 때 할머니랑 할아버지는 널 잘 안아 보지도 못하셨어."

"응? 왜?"

"응. 할아버지 할머니가 너를 안으려고 하면 누나가 울고불고 떼를 썼거든."

"어떻게?"

"우리 영욱인 엄마 거라고, 왜 엄마 거 뺏어 가냐고 말야. 그렇게 떼를 쓰면서 울었거든. 그래서 할아버지 할머닌 널 맘 편히 안아 보지도 못했단다."

내 삶은 온전히 내 것이라지만 누군가에게 이렇게 아낌없이 사랑받을 수 있다면, 내 삶의 일부를 '누구의 것'으로 남겨 두는 것도 참 행복한 일이겠구나 싶었다.

내 삶은 내 것, 내 하루도 내 것, 누구도 나를 간섭할 수 없지. 내가 그렇다는데 왜? 자기 소유적인 생각으로 가득한 요즘. 내가 내 것이기만을 주장하는 마음을 숨겨 두고, 내가 내 것이기 이전에 누군가의 것이었음을, 되짚어 본다. "누군가에게 날 맡겨 보는 것도, 그것대로 참 나다운 것일 수 있겠다." 정도로. "내가 누군가의 일부가 되는 것도, 그것대로 내가 원했던 삶일 수 있겠다." 정도로.

누군가에게 평생토록 이런 사랑받으며 살아간다면 비록 내 삶이 온전히 내 삶이 아니더라도 눈물 날 만큼 행복했다고 말할 수 있을 것 같았다. 머리가 커질 대로 커 버려서 이젠 나를 더 사랑하고자 다짐했지만, 사람은 애초에 타인으로부터의 사랑에서 태어나는 거였지. 자라나는 거였지. 그 사랑 먹으며 살아왔던 나약한 존재였지.

아주 어릴 적에. 내가 누군가의 소유였던 그때, 바로 그때 누군가에게 받은 사랑이, 이젠 나만의 삶을 살고 있는 나에게 말했다. 누군가의 소유가 된다는 것이, 때로 우리를 살게 하는 이유가 된다고.

엄마가 끓인 된장찌개

나는 된장찌개를 좋아한다. 엄마가 끓인 된장찌개는 건더기가 부드러워서 잘 으깨진다. 근데 난 좀 딱딱한 건더기가 입맛에 맞더라. 식당 된장찌개 같은? 방금 끓인 티가 나는. 그러나 이 된장찌개, 몇 번이나 끓였다는 걸 안다. 식당 된장찌개보다 훨씬 더 오래 끓였다는 걸 이제는 안다. 엄만 온다는 날 위해 이걸 끓이고 식을까 쭉 데우고 그러다 안 와서 불을 끄고, 내가 늦게 오니 다시 끓였다. 이 호박도 감자도 두부도 엄마를 닮았다. 나를 기다리다 축 늘어졌다. 쭈글쭈글 물렀다.

엄마의 시간이 이대로 멈췄으면 좋겠다. 난 서른이 넘어서도 식탁에서 자주 울었다.

혼자 살면서
느끼게 되는 것들

◇ 무엇보다 외로운 것은, 일 보고 집에 도착하면 껌껌한 집안 풍경과 차가운 방의 온도. 어떠한 소음 하나 없어 불을 켜기 위해 누르는 스위치 소리. 나를 기다려 주는 이가 하나도 없구나. 이러다 아프기라도 하면 큰일 날 것 같은 기분. 기뻐할 일도 아픈 일도 힘든 일도 나눌 수 없다는 적막함이 나를 더욱 혼자인 것처럼 느끼게 한다. 소속감 따위 바라지도 않으니 누군가 나를 기다려 줬으면 좋겠다.

◇ 매번 배달만 시켜 먹으니, 엄마가 해 준 반찬의 소중함을 알게 된다. 보내 주신 반찬을 삼시 세끼 꼬박꼬박 챙겨 먹지는 못하지만 엄마의 고생을 생각해서라도 챙겨 먹으려고 한다. 먹지 못해 버려지는 반찬을 보자면 내가 다 마음이 아플 것이기에. 누군가의 오밀조밀하게 조리된 마음이 고픈 것일지도 모르겠다. 버려지는 게 아까운, 그런 값진 마음이 자꾸 소중해진다.

◇ 집에 있는 시간이 많아진다. 혼자 있는 공간의 가장 큰 장점이라면 그 어떤 눈치를 보지 않아도 된다는 것. 발가벗고 있는다고 누가 뭐라 하지 않는다. 나에게 가장 솔직해지기 쉬우며 애정하는 취향과 취미 그리고 발전을 가장 즐겁게 할 수 있는 공간이 나 홀로 있는 집이다. 때문에 관계가 도태된다거나 자꾸 음침해진다는 걱정도 들지만, 나 자신과의 관계는 조금 더 돈독해진다는 장점이 있기도 하다. 혼자만 즐길 수 있는 일들이 세상에 참 많다는 것을 새삼 깨닫게 된다.

◇ 멀어지면서 애틋해지는 사람들이 있다. 고향 친구, 대학 친구, 자주 싸우던 형제자매, 이해할 수 없던 엄마 아빠. 그렇게 서로 욕하고 때론 미워하고 하더니 멀어지니까 애틋해진다. 때론 몸의 거리와 반대로 마음은 가까워지는, 이해할 수 없는 일이 일어나는 것 같다.

◇ 알람을 아주 많이 맞추게 된다. 깨워 줄 누군가 없다는 부담이 크다. 어쩌면 혼자 사는 집은 혼자 해내야 하는 사회와 닮은 구석이 많이 있다. 누군가의 도움 하나 없이 제 스스로 일으켜 세워야 한다는 것. 소소한 밥상 하나 차려 주는 사람 없이 내가 만들어 내고 소화해 내야 한다는 것.

◇ 한 달 유지 비용이 만만찮다. 나 하나 먹고 살자는 비용만도 이렇게 부담이 되는데, 몇 식구 먹여 살려야 했던 부모님은 얼마나 아등바등 벌어야 했을까. 용돈이 적다며 엄마 아빨 미워했던 나를 돌아보며 철이 없었음을 뼈저리게 느끼게 된다.

◇ 소소한 행복을 하나둘 배워 간다. 그리 넓지 않은 작은 공간에서 맛있는 음식을 먹고 재미있는 것을 보면서 느끼는 소소한 즐거움이랄까. 삶의 만족은 아주 사소한 것에서부터 나온다는 걸 알게 된다. 가면 갈수록 허황된 욕심보단 최소한의 만족과 안정을 추구하게 된다.

◇ 심한 우울에 시달릴 때, 어딘가에 소속되었다는 안정과 따뜻함이 그립다. 가족의 품이 답답하다며 혼자 사는 일상을 꿈꿨지만, 돌이켜 보면 답답함이 아니라 따뜻함이었다. 문 박차고 나가 막상 부딪쳐 보니 세상은 얼음장이더라.

고장 나고 싶은 날

공식적으로 고장 나고 싶은 날이 있다. 누가 봐도 작동을 하지 않을 것처럼 완전히 고장 나서, 내가 뭘 하든 아무도 신경 안 쓰고 그런가 보다 눈 감아 주는 날. 다들 그러고 살겠지. 몸도 마음도 내 맘대로 안 되는데 아무도 몰라주고, 몰라주니 그럭저럭 나도 괜찮나 보다 참아 가며 살아가겠지.

살 만해서, 아직 버틸 만해서 고장 나 보고 싶다는 말이 아니라 난 이미 고장 날 대로 고장 났는데 아무도 몰라주는 거 같고 나는 애써 참고 살고 있어서. 그래서 고장 나고 싶은 날이 있다. 다시 일어날 생각 못 하도록 무기력해지게. 괜한 희망과 괜한 응원 하나 없어서 작동하지 않고 그냥 좀 쉬어 보게. 쟨 고장 났나 보다 하고 그 누구도 건들지 않게. 집에서 퍼질러서 잠이나 자면서 마음에 연고를 듬뿍 바르게.

지나고 보니
후회되었던 순간들

◇ 나 대놓고 싫어하는 사람에게 앞에서 한마디 못하고 고개 숙인 순간들. 그땐 왜 반박하기가 그렇게나 두려웠는지, 회피하고 싶었는지. 한 번쯤은 본때를 보여 주어도 좋았을 텐데. 순하고 쉬운 사람이 되어 살아가는 게 익숙했던 나를 질책한다. 지금의 나라면 욕 시원하게 한 바가지 해 줄 텐데.

◇ 귀찮다는 이유로 마다했던 것들. 그런 나태함이 쌓여 나만 세상과 동떨어진 기분이 들 때. 남들 다 해 본 거 혼자 못해 본 거 같을 때. 점점 그렇게 시대에 뒤처져 가는 건가 싶을 때. 시간 내서라도 가 볼걸, 해볼걸, 만나 볼걸 싶더라. 삶의 노련함은 경험에서 비롯된다는 말이 어떤 뜻인지 문득 깨닫게 된다.

◇ 엄마는 늘 나에게 잘 버는 것만큼 잘 쓰는 것이 중요하다 했었다. 나와 비슷한 환경임에도 알뜰히 경제관리를 한 지인을 보고 있자니, 내가 너무 헤프게 쓴

거 같다는 후회가 들더라. 택시비, 술값, 쓰지도 않는데 일단 사고 보는 것. 현명하지 못한 자잘한 소비가 습관처럼 배어 있어서 맘대로 모아지지 않을 때. 조금씩이라도 저축해 놓을걸. 이런 후회들.

◇ 쎄한 느낌이 드는 사람 걸러 내지 못하고 뒤통수 맞은 것. 괜히 믿어 주다 나만 손해 본 것. 모든 정황을 뒤로하고 사람에게 상처받기 두려워서 상대를 믿어 버린 것. 알 수 없이 드는 쎄한 느낌은 대부분 틀린 적이 없더란 걸 너무 늦게 알아 버렸을 때.

◇ 체력과 건강이 자산이라는 것을 너무 늦게 깨달았을 때. 건강을 해치지 않으려는 노력 좀 할걸. 좀이라도 불편한 신호가 올 땐 바로 진료받으러 갈걸. 어떤 일을 행함에 있어서 나의 육체는 생각과 정신력만큼이나 중요하다. 아프고 나면 꽤 많은 걸 포기하게 되더라. 정말, 건강엔 시간 아끼지 말고, 돈 아깝다 생각 말아야 한다.

◇ 용기 내지 못해 놓친 인연들. 나를 싫어하진 않을까, 걱정되어서. 상처받기 싫어서, 포기하면 편해서. 내 마음 다 표현해 보지 못한 순간들. 그냥 눈 딱 감고 용기 내 볼걸. 내 마음은 이렇다고 좋아한다고 함께하고 싶다고. 먼 시간이 지나 생각나는 "그때 그랬다면 어땠을

까." 하는 순간들이 참 아쉽게 느껴지더라. 좀 더 나의 마음에 솔직해 볼걸.

같은 온도라도
누군가는 따뜻해지고
누군가는 쌀쌀해집니다

거리가 얼어붙고 세상이 하얗게 물든 겨울이 한 걸음 물러서고, 봄이 한 발짝 다가옵니다. 4월엔 제법 다정한 봄바람이 불어오니 맘도 잇따라 그 다정함을 만끽하며 혼잣말을 합니다.

"날이 따뜻해졌네."

따뜻해졌다고 말이죠. 따뜻해졌답니다. 완연한 봄날처럼 완전히 풀어진 건 아닌데, 제법 따듯하게 느껴집니다. 지금의 날씨는 10월 정도의 날씨와 비교해 보면 비슷한 거 같습니다. 그때 10월의 기온은 지금 4월의 기온과 많이 닮아 있습니다. 낮엔 햇볕이 쨍해 더운 듯하지만, 저녁이 되면 아직까진 서늘한 날씨 말이죠.

참, 그러고 보니 10월 정도엔… 따뜻하다는 표현을 쓰지 않았습니다. 그러니까, 나는 그때 아마도 "쌀쌀해지네."라는 표현을 썼을 것입니다. 4월의 기온과 10월의 기온, 둘 다

수치상으론 다를 거 없는 온도이지만 사람들의 반응은 다릅니다. 4월은 따뜻해졌다는 반응이고, 10월은 쌀쌀해졌다는 반응이지요. 어쩌면 온도에 대한 사람들의 반응은 그 절대적인 수치보단 상대적인 감각에 영향을 받나 봅니다.

절대적 수치가 아닌 상대적인 감각에 영향을 받는 것. 이와 꼭 같은 존재가 또 있습니다. '언어'와 '관계'입니다. 말과 관계는 측정할 순 없지만 분명한 온도가 존재합니다. 그리고 그 말과 관계의 온도 또한 절대적인 수치보단 상대적인 감각이 더 중요하게 다가오지요. 그러니 아무것도 아닌 말을 건네거나, 시답잖은 응원을 건네도 누군가는 '따뜻하다.' 생각을 할 수 있습니다. 또, 아주 조금의 시비를 걸어도, 시답잖은 장난이라도 누군가는 '쌀쌀하다.' 생각을 할 수 있습니다.

그 말은 곧, 상대가 나에게 감동을 한다고 해서, 내가 대단히 따뜻한 사람이 아닐 수 있단 뜻이겠죠. 내가 큰 위로를 건네준 사람이 아닐 수 있겠습니다. 받아들이는 이가 아주 추운 계절에 머물렀을 뿐이니까요. 또, 내 생각엔 별일 아닌 걸로 서운해한다 해서 쪼잔한 게 아닐 수도 있습니다. 상대는 제법 포근한 계절을 보내 왔을 수도 있는 거니까요. 반대로 생각해 보면 상대를 서운하게 했다 해서, 내가 엄청 잘못한 것이 아닐 수도 있습니다. 내 표현은 분명 영상의 온도였지만… 상대는 제법 쌀쌀해졌다 생각할 수도 있는 거니까요.

서로의 계절에 따라 지금의 말과 관계는 포근해지거나, 서운해지거나 할 수 있습니다. 우리가 언제, 어디서, 나도 모르게 누군가에게 사랑받고, 나도 모르게 미움받는 이유일 수도 있겠습니다. 상대의 이전 상태에 대해 무지했기 때문이고, 나의 이전 상태에 대해 무지했기 때문이겠지요.

문득 인연은 노력만으론 이루어지지 않는다는 유명한 말이 떠오릅니다. 맞는 말이지만, 꼭 인연에만 국한하지 않기로 합니다. 사람과 사람 간에 이루어지는 것들 전부, 노력만으로는 되지 않는 거 같습니다. 그 노력을 알아봐 줄 수 있는 기적 같은 시기가 존재했어야 하겠죠. '서로를 향한 노력이 서로의 계절에 제법 어울려서, 서로에게 좋은 의도로 다가오는 것' 말입니다. 그러니까, 건넨 마음과 말이 하필이면 '쌀쌀해진다.' 말고 '따뜻해진다.' 느끼는 기적 말이죠.

늘 그랬듯 계절은 돌고 돌겠지요. 오늘도 나는 누군가에게 상처가 되었습니다. 하지만 오늘도 나는 누군가에겐 응원이 되었겠지요. 누군가에겐 헤어짐이었고, 누군가에겐 만남이었을 겁니다. 이렇게 생각하니 조금은 편합니다.

노력만으론 닿을 수 없는 진심이 ‘언어’

노력만으론 이루어질 수 없는 것이 ‘인연’

그 안에 우리가 살고 있던 ‘계절’

그리고 그 계절은 지금도 돌고 돌아가고 있다는 사실.

내가 해낸 것이다

지난 세월을 돌이켜 보면, 나를 성장시킨 건 뼈아픈 말이 아니었다. 나를 무너뜨릴 뻔한 일련의 사건도 아니었다. 또 그것을 버텨 낸 인고의 시간도 아니었다. 엄밀히 말하자면, 무수한 계기로부터 꾸역꾸역 변화해 온 나 자신이었다. 상처의 덕도, 시간의 덕도 아닌 결국 변화하고자 하는 나의 덕으로 성장해 왔다. 그러니 나는 당신이 되도록 상처받지 않았으면 좋겠다. 긴 시간 아파하지 않았으면 좋겠다. "이 아픔이 나를 성장시켜 줄 거야." 생각하며, 자신을 벼랑 끝으로 몰아세우지 않았으면 좋겠다. 앞으로 있을 상처를 쉽게 허락할 명분을 만들지 않았으면 좋겠다. 사실 아픈 상처와 힘든 시간 덕분에 성장한 것이 아니라, 스스로 성장의 계기를 찾아 꾸역꾸역 변화해 왔을 당신이기에.

모든 상처가 다 성장의 계기가 되는 것은 아니다.
숱한 시간이 해결해 주지 못하는 것이 있다.

그러니 앞으로는 상처를 성장의 이유라 합리화하며, 쉽게 허락하는 삶은 아니었으면 좋겠다.

시간이 해결해 주었다며, 자신의 성과를 쉽게 폄하하는 삶에서 멀어지셨으면 좋겠다.

잘 살아
그게 최고의 복수야

사람에 대해 상처를 받으며 살아가다 보면, 받은 상처를 조금이라도 유익하게 쓰기 위한 어떤 생각에 도달하게 된다. 나에게 상처 준 사람이 원하는 건 분노와 후회로 망가지는 내 모습이라는 것. 진짜 복수는 누군갈 망가뜨리는 게 아닌, 내가 잘되는 것이라고. 그걸 보여 주기 위해서라도 진짜 잘 살아 내야지라는 정도의 다짐.

"아프지 말고 망가지지도 말고, 그까짓 일 아무렇지 않게 생각될 정도로 내가 잘되어야지."

아주 올바르게 복수해야지. 그들이 원하는 나의 무너진 모습과는 정반대로 살아야지. 아주 조금이라도 예전보다 나아지고 성장해서 부러움에 못 이기게끔 만들어 내야지. 순간의 선택으로 나 같은 좋은 사람을 실망시킨 것, 후회하게끔 정말 잘 살고 싶은 마음.

괜히 복수심 품고 감정 낭비 말자. 나 하나만 신경 쓰자고. 나에게 상처 준 사람들이 원하는 것은, 네 망가지는 모습이라고. 그거 잊지 말고 너 하나 정말 살아 내라고. 잘 살아 내자고.

아프지 말고

망가지지 말고, 잘 살아.

그게 최고의 복수야.

나는 되고 있는 중이다

사람으로서 지니고 있는 품성이나 인격을 뜻하는 됨됨이.

'사람 됨됨이'를 한마디로 줄인다면 '사람됨'이 된다.

사람이 됨.

된다는 것은 그 성품이 완성되었다는 것을 뜻한다.

그러니 우리를 완성시키는 것은

'한'도 아니요 '든'도 아니다.

~한 사람. ~이 든 사람. 나아가, ~을 가진 사람도 아니다.

중요한 건 되고 있냐는 것이다.

그러니 우리는 여러 면에서 미완이어도 된다.

아니, 미완일 수밖에 없다.

그러나 필히 되고 있다는 사실 하나만으로, 완성으로 가고 있다.

무언가 해내지 못했어도 괜찮다.

되고 있다는 사실만으로 스스로에게 됨됨이가 있는 것이다.

그 누가 위에서 나를 내리깔아 보더라도
가진 것으로 나를 무시하려 해도
그 어디에도 흔들리지 말라.
되고 있는 당신이기에, 주눅 들 필요 전혀 없다.
당신은 분명 되고 있다는 사실만으로 충분하다.
그럼에도 불구하고 꿋꿋이 되고 있는 나 자신은,
나의 자랑임에 손색없다.

너는 멋있어. 훌륭해.

잘할 거야.

잘될 거야.

잘할 수 있어.

꼭 그렇게 될 거야.

한창의 청춘일 때는
알지 못했던 것들이 있다

마음에도 건강이 존재한다

건강하지 못한 관계를 잡고 시름시름 앓다가 보면 분명 마음의 병이 찾아온다. 젊은 날에 햄버거가 몸에 좋지 않아도 먹을 수 있는 이유는, 아직 건강하기 때문일 뿐이다. 나이 들어서 건강식에 집착하는 이유는 젊은 날에 유해한 것들을 계속 먹어 왔기 때문이고. 마음도 이와 다를바 없다. 더 시름시름 앓고 힘들다 보면, 저절로 그만두게 되는 때가 온다. 그렇게 병이 들고 좀 늦었지만, 이제라도 회복되길 바라며 건강한 마음을 가진 사람만 만나게 되는 것이다. 그것을 보고 보통은 나이가 먹으며 관계가 좁아진다고 표현한다. 젊은 날에야 아무 마음이나 집어먹었지만, 이젠 그럴 여유도 체력도 존재하지 않는다. 시간이 지나며 좁아지는 관계의 경계선은 내가 건강한 마음을 바라보며 그쪽으로 향하고 있다는 증거인 셈이다.

도전하는 당신이 아름답다

도전하는 자의 뒷모습은 아름답다. 말마따나 진부한 하

루의 반복 속에서 무뎌지지 않고 나태하지 않으며 녹슬지 않는 법은 오로지 무언가에 대한 시도뿐이다. 나의 생을 주눅 들게 하지 않는 것은 미지의 세상에 대한 탐구이며, 불안한 미래에 대한 도전이다. 용기라는 것은 두려워하지 않는 것이 아니라, 두려움을 이겨 내는 것이라 그랬다. 나를 가두고 있는 평안함이라는 일상에 균열을 내어 도전의 틈을 만들어 내는 것. 만든 틈으로 비집고 들어가 큰 변화를 이뤄 내는 것. 먼 시간이 지나면 나는 평안함에 가두어 있던 것이 아니라 평안함에 옥죄어 있었다는 것을 깨닫게 되면서 다시금 성장한 나를 바라볼 수 있다. 도전하는 당신이 대단하고 아름답다.

'아' 다르고 '어' 다르게 나를 감싸야 한다

쉽게 외로워하는 사람들을 가만히 들여다보면 정이 많은 사람이더라. 살아가며 사람을 파악하고 삶을 고찰하는 통찰이 생기니 알게 된 것은, 긍정적인 면을 부정적으로 말하기도 하고 부정적인 것을 긍정적으로 말할 수도 있다는 것이다. '나는 쉽게 외로움을 타는 사람 같아.' 보단 '나는 다정함이 유독 많은 사람 같아.' 라고 말해 줄 수 있는 것. 자주 우울해하는 사람이 아니라, 사람 자체가 햇살 같아서 늘 밝고만 싶지만 외려 그림자가 따라와. 둔탁한 나머지 사람에게 쉽게 속는 것이 아니라, 너무 투명해서 나의 모든 걸 보여 줄 수 있는 사람이야. 표현이 적어서 냉혈한처럼 비칠 수 있으나, 내 온기를 허투루 쓰지 않고 소중한 사람에게만 나눠 주고 있는 거야. 정도로. 삶의 긍정과 자존감은 분명 내가 보는 시선에 잇따른다.

삶은 순환이다

지금까지 존재했던 나의 삶을 생각해 보면, 우리가 경험하는 모든 세계는 시작과 끝이 있는 일직선이 아니라, 둥근 지구와 같고 무한히 이어진 고리와 같다는 것을 느낀다. 사랑과 헤어짐 그리고 또 사랑과 헤어짐. 시련과 결과 그리고 또 시련과 결과. 실패와 성공 그리고 또 실패와 성공. 그러니 지금 당장 아주 슬프다 한들 또 다른 이어짐이 있을 것이다. 당장 무너진다 해도 그 무너짐으로 인해 또 다른 피어남이 존재하는 것이다. 삶의 퇴비와 양분은 무엇이며 자라남과 성장함은 대체 무엇인가. 닭이 먼저냐 계란이 먼저냐처럼 정의할 수 없지만, 그 순환의 꼬리가 계속되는 것들이 나의 삶에 있다. 그 무엇도 최종은 없으며 마지막이 없다. 그렇다는 것은 태초라는 개념 또한 모호하며 출발 또한 곧 출발이 아닌 셈이다. 죽음조차 과연 그것이 마지막인가?에 대한 끝없는 고찰일 뿐이니, 결단코 삶은 순환이다.

가장 어둡기에
가장 다정해질 수 있는 용기를 지닌

다정한 사람을 보면 마음이 한없이 긍정적이거나 따뜻해서가 아니라, 그만큼 싫은 게 많고 예민함이 남다른 사람이라는 것을 이제는 안다. 희생을 자처하거나 상황을 감내하는 능력이 탁월한. 쉬이 날카로운 말을 뱉거나 날 선 상황을 만들지 않는 사람들.

그 다정 어린 행동은 자신의 세상에 예민스러운 일이 가득한 만큼, 타인 또한 그럴 것이라는 공감 능력으로부터 나온다.

자신의 어둡고 습한 면을 두고 세상을 삐뚤게 보기보단, 인정하고 직면하며 그렇지 않기 위해 노력하는 반듯함을 지닌. 한없이 애정 넘치기만 하고 올곧아서 감정적으로 둥근 면을 보이는 것이 아니라, 한없이 그렇지 않기에 외려 자신이 겪었던 무례와 이기적인 상황들을 최대한 배제하고 살려는. 결국 세상천지 사람이나 상황이나 일이나 사랑이나 무엇 하나 맘에 드는 것이 없지만, 자꾸 사랑과 다정을 외치며 이겨 내려 드는 면역력을 지닌.

가만 보면, 파도처럼 몰아치는 갖은 시련을 이겨 내고 소중한 이를 구하는 어느 동화의 주인공 같이 느껴지기도. 곁에 두고 있으면 세상의 어두운 면을 너무도 잘 알기에 악역만은 면하고 싶어 하는 심정이 안타깝기도 한.

내 편에 있으면 잠시 흐리고 비가 올지언정 맑아질 것이라는 긍정을 자꾸 심어 주는. 비 온 뒤에만 볼 수 있는 너무 차갑지도 뜨겁지도 않은, 보랏빛 황혼과 닮아 있는.

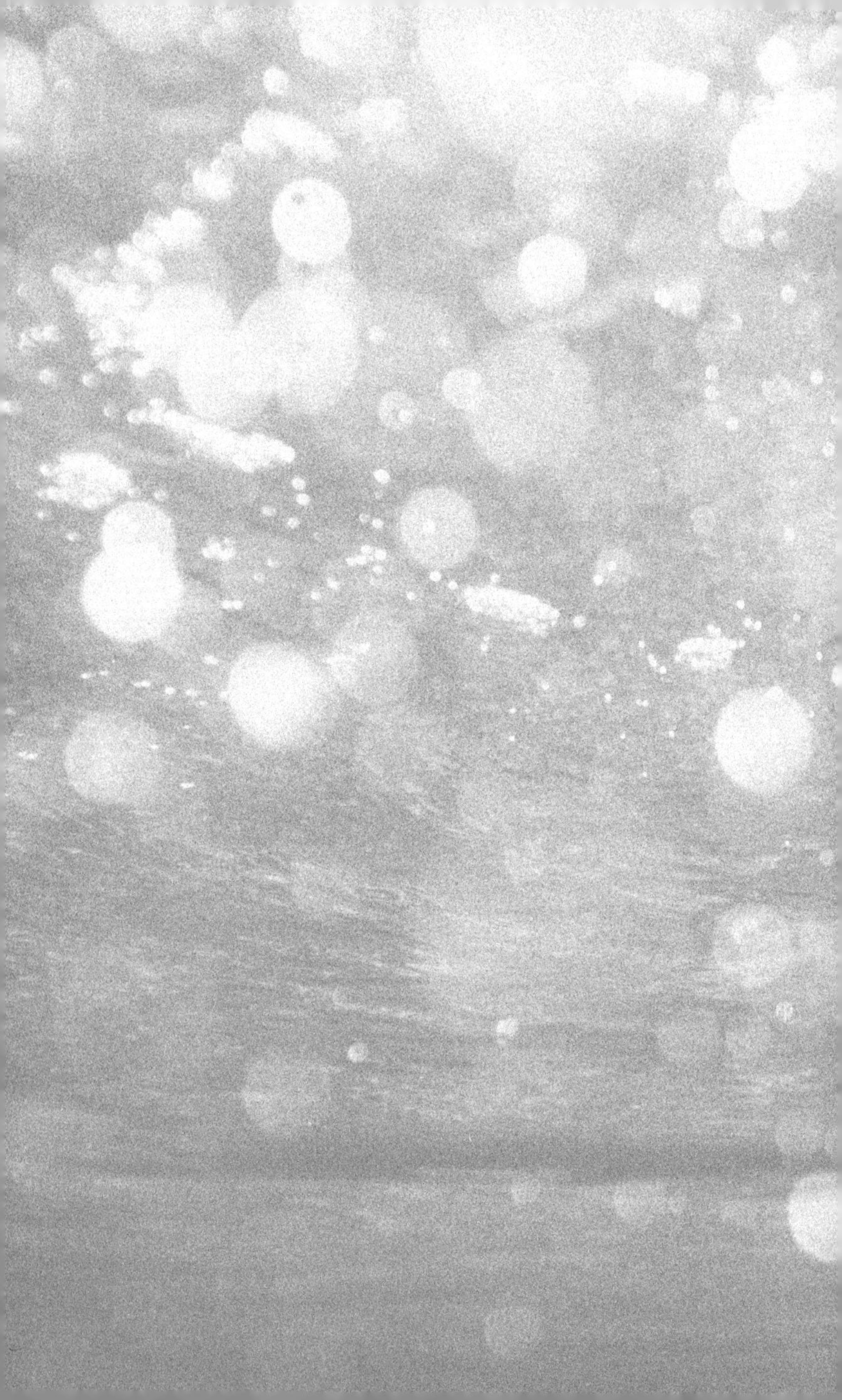

하고 싶은 일을 하면 행복할 수 있을까?

하고 싶은 일을 하고 살면 행복할 수 있을까?라는 의문에 대한 고찰은 곧, 그렇지 못하다는 것에 귀결되기 마련이다. 성공은 할 수 있겠지만 과연 항상 행복만 할 수 있을까? 애정을 가진 일이지만, 가혹하게도 매일매일 그렇게 하다 보면 아주 특이한 케이스를 배제하고는 의도치 못한 반복성과 싫증이 동반되기 때문이다. 그렇기에 우리는 해야 하는 일과 하고 싶은 일 중 어떤 것을 지향하며 나아가야 하는가에 대한 답을 명확히 내리기 어려워지는 것이다. 그런 앞길의 막막함 속에서도 자신의 일을 굳건히 지키며 나름의 행복을 얻는 이들을 살펴보면 업 자체의 개성보다는, 본성적으로 가지고 있는 욕구에 집중하고 있다는 걸 깨닫게 된다. '사람은 결국 쉽게 도달할 수 없는 욕구가 있을 것이고, 그 욕구를 따르는 것이 가장 편하다.'라는 게 가장 중립적이며 속편 할 생각이라고 본다. 이를테면 '유명해지고 싶다.', '돈을 아주 많이 벌고 싶다.', '간섭을 받지 않고 무언갈 해내고 싶다.' '안정적인 것을 원한다.' 따위의 거시적인 욕구. 그에 따라 대중 앞에 서기도, 자신의 사업을 꾸리기도, 프리랜서를 선택하기도, 집단에 들어가 발을 구르기도 한다.

그러니 그 욕구에 지금 일이 어느 정도 상응한다면 너무 먼 미래를 생각하지 말고 또 계획하지 말고, 유지하는 것이 좋다고 생각한다. 하지만 본성이 이끄는 욕구와 정반대의 일이라 생각 든다면 다른 길을 선택하는 게 후회가 적은 일일 것이라 본다. 이는 나의 근본적인 욕구를 먼저 파악하고 정하는 것이, 흥미의 관점을 보고 업을 택하는 것보다 우선이라는 관점이다.

모든 길을 꾸준히 걷다 보면 샛길이 나오기 마련이다. 나의 길을 믿고 걸어 가면, 그 길은 더 좋은 기회로 나를 인도하기도 한다. 지금 나의 계획은 후에 아주 많은 부분이 바뀔 것이며, 한 치 앞도 헤아릴 수 없이 빠르게 변하는 세상이니 현시대의 청춘이라면 더더욱 업이 가진 최신의 메커니즘을 이해해야 한다고 본다. 내가 지금 흥미로워하는 것도 계속 바뀔 수 있으며, 싫증 났던 일들이 단번에 흥미로운 일로 변하게 될 수 있다는 것이다. 그러니 만약 언젠가의 청춘에게 되돌아갈 수 있다면, 해야 하는 일과 하고 싶은 일의 선택의 기로에 선 나에게 "어떤 일이든 너무 멀리 계획하고 정해 두지 말라." 말할 것이다. 어떤 선택을 하든, 그 반대편이 새롭고 흥미롭고 출중해 보일 것이기 때문에.

더해서 단언하건대 걷다 보면 가고 있는 그 길 이외의 또 다른 여러 길을 보게 될 것이며, 내가 손에 쥔 선택지 말고도 세상엔 흥미롭고 매력적인 일이 넘쳐흐른단 것이다. 지금 내가 생각하고 있는 계획은 나중에 분명히 틀어질 것이며, 내가 좋아하는 것들은 추후 분명히 바뀌어 있을 것이다. 단순히 '재미'와 '흥미' 그리고 '계획'으로 무언갈 정하기엔 너무 많은 변수가 우리를 기다리고 있다.

과거의 그리고 미래의 나에게 말해 줄 것이다.

선택했으면 후회하지 말 것. 어떤 선택을 하더라도 가지 못한 길이 아쉬워 보일 것이니.

후회할 시간에 열심히 달릴 것. 나를 믿고, 내 선택을 지지해 줄 것.

만약 선택하지 못했다면 이것을 기억할 것.

우리는 멈추지 않는 한 언제까지 청춘이다.

계산적으로 따지기보단, 본심이 이끄는 대로 행할 것.

흥미는 쉽게 변해도 본질은 삶의 끝자락에서도 변하지 않는 법이니.

멈추지 않는 한 청춘인 우리,

너무 계획하지 말고,

마음 가는 대로 행할 것.

당신의 해 봄을 응원합니다

세상일에는 두 가지 종류가 있습니다. 해 보지 않아도 알 수 있는 일과, 해 보지 않으면 모르는 일입니다. 전자는 비슷한 경험을 해 봤을 터이고, 후자는 전혀 경험이 없을 터입니다. 고로 세상의 두려움은 두 가지입니다. 너무 몰라서 두려운 것과, 아주 알아서 두려운 것. 전자는 상상이 안 가서 그런 것일 테고, 후자는 너무 훤히 보여서 그런 것이겠죠. 그러니 경험이 많든 적든, 해 봤든 해 보지 않았든 세상은 어느 면에서든 두려움투성이인 셈입니다. 고로 우리의 삶은 일, 관계, 사랑 그중 어떤 것일지라도 시작하기 위하여 참 큰 용기가 필요합니다. 어느 것이든 두려움을 이겨 내고 시작하는 일에는 마땅한 힘이 들어가기 때문입니다.

나는 당신의 그 시작을 응원합니다. 한 치 앞의 두려움을 이겨 내고 내딛는 발자국을 말예요.

해 보기도 전에 두려운 일을 시작하든, 두려웠던 일을

다시 시작하든. 나는 당신의 '해 봄'을 응원합니다. 예상되지 않는 두려움을 이겨 내는 당신의 그 해 봄. 예상되는 두려움을 이겨 내는 당신의 그 해 봄. 어떤 의미로든 용기 내어 한 발 나아가 본다는 그 해 봄. 해 본다는 건, 그 행동만으로 꽤 값어치 있는 일이기 때문입니다. 그것의 귀결점이 성공을 향해 있건, 새로운 시련을 향해 있건.

다시, 당신의 해 봄을 응원하겠습니다.

크게는 세상이 따뜻한 이유도 당신의 해 봄 덕분이고, 세상이 자라나는 것도 당신의 해 봄 덕입니다. 어떤 일은 뚜렷한 결과가 보이지 않더라도 '해 봄' 자체만으로 이미 기적이 일어난 것과 같으니, 나는 또 당신의 그 해 봄을 응원합니다.

해 봄.
그 해 봄.
당신의 그 해 봄.
말만으로도 푸른 새싹이 돋아날 것 같은 말이니까요.

마치며

힘들다는 말로는 설명할 수 없는 당신의 힘듦에게. 괜찮다는 말로는, 지나갈 거라는 말로는 다 아물 수 없는 당신의 상처에게. 또 알아주었음 싶지만, 꺼낼 수 없는 당신의 지독한 우울함에게.

나의 말들이 그러한 것들을 전부 해소해 주진 못하더라도 나는 적는다. 이 활자들이 당신의 마음에 가닿을 수 있을지 미지수지만, 나는 쓴다. 이 책을 펼치고 닫는 순간에도 전혀 달라질 것 없는 당신의 앞날이라도, 결국 펴낸다. 오직 읽히기 위하여. 그러나 전부 읽히지 못한다 해도, 와닿지 못했다 해도 의미가 없진 않았다 믿는다. 굳게 믿는다. 우리의 삶은 일말의 쓰임과 읽힘이 있다면 서로를 위할 수 있는 거라, 믿는다. 다했다는 말은 전부 그랬다는 것을 의미하기보단, 최선의 유효였다는 말이라고. 앞으로 당신의 삶에 있어 최소한의 위안과 공감을 던져 줬다면 나의 글은 그 의미를 다한 것이라고.

조금은 멀리 떨어져 있는 사람아. 우리가 언제, 어딘가에서 마주하더라도 얼굴 한번 못 보고 지나치겠지만. 서로를 알아보지 못한 채 갈 길 가겠지만. 나는 쓰고 당신은 읽으며 서로를 응원하고 있다. 지금 당장에야 해결되는 건 없다고 하더라도, 우리가 서로를 응원하고 있다는 그 사실만으로 삶은 안정에게로 한 걸음 다가가지 않았겠는가. 다 읽히지 못하였대도 충분히 제값을 다한 나의 말들이 있는 것처럼, 당신 또한 무언가 풀어 내지 못했더라도 그래서 달라지는 것은 하나도 없더라도, 충분히 되었다고 말하고 싶다.

내가 펴낸 글을 읽는 동안, 설명할 수 없는 감정들을 곱씹어 보느라 고생했다.

나 또한, 나의 감정을 발가벗겨 적어 내느라 고생했다.

이렇게 수고를 알아주고, 또 안아 주고 있다는 사실만으로 또 되었다.

우리가 평생 알고 지내지 못하더라도, 앞으로 서로를 보듬어 줄 날들이 수두룩할 것만 같다고. 오늘 무언가 이루어 낸 것은 없어도, 함께 해낸 것만 같다고. 또 해낼 수 없더라도 이렇게 함께 의지하며 가꾸어 가고 있구나, 생각한다.

책에 쓰인 문장처럼, 잘했고 잘하고 있고 잘될 것이다.

마지막으로 건네며.

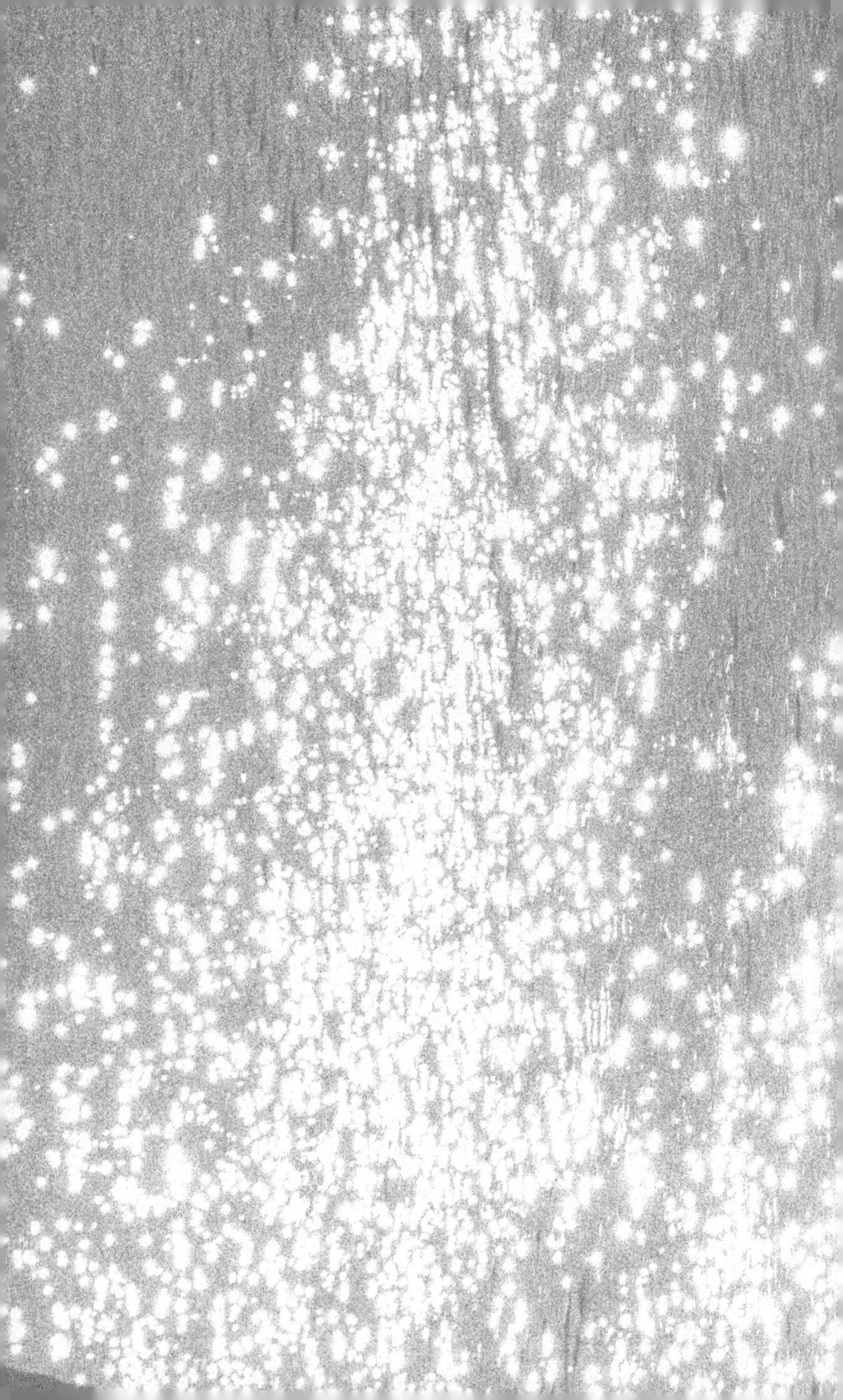

잘했고 잘하고 있고 잘될 것이다

1판 1쇄 발행 2021년 05월 14일
1판 8쇄 발행 2021년 12월 24일
2판 1쇄 발행 2022년 01월 14일
3판 1쇄 발행 2022년 05월 11일
3판 4쇄 발행 2022년 09월 19일
4판 1쇄 발행 2022년 10월 28일
4판 9쇄 발행 2023년 11월 09일
5판 1쇄 발행 2023년 12월 01일
5판 7쇄 발행 2024년 06월 18일
6판 1쇄 발행 2024년 08월 01일
6판 5쇄 발행 2025년 01월 08일

지 은 이 정영욱

편집총괄 정해나
디 자 인 차유진
발 행 인 정영욱

펴낸곳 (주)부크럼
전 화 070-5138-9971~3 (도서기획제작팀)
홈페이지 www.bookrum.co.kr
이메일 editor@bookrum.co.kr
인스타그램 @bookrum.official
블로그 blog.naver.com/s2mfairy
포스트 post.naver.com/s2mfairy

ISBN 979-11-6214-360-5(03800)